JOURNAL DE MARCHE

DU

SERGENT FRICASSE

DE LA 127e DEMI-BRIGADE

JOURNAL DE MARCHE

D'UN

VOLONTAIRE DE 1792

PUBLIÉ POUR LA PREMIÈRE FOIS

PAR LORÉDAN LARCHEY

D'APRÈS LE MANUSCRIT ORIGINAL

déposé à la bibliothèque de l'Arsenal

————➤✦◀————

PARIS

A LA LIBRAIRIE, 13, QUAI VOLTAIRE

AUTHENTICITÉ DE CE JOURNAL, SES ENSEIGNEMENTS ET SA VALEUR MORALE. — LES ARMÉES DE LA RÉPUBLIQUE GLORIFIÉES PAR UN MARÉCHAL DU PREMIER EMPIRE. — POURQUOI NOUS DEVONS SOUHAITER LA RENAISSANCE DE LEUR ESPRIT MILITAIRE.

Fricasse!...

Comique est le nom, mais sérieuse est l'œuvre, car elle se recommande par une sincérité rare. Et la sincérité est beaucoup à cette époque tourmentée de la première République où chaque écrivain se passionne en prenant parti pour ou contre l'ère nouvelle. Éloge enthousiaste ou réquisitoire indigné, il n'y a guère de milieu.

Le document, publié ici pour la première fois, présente du moins le mérite de ne connaître d'autre guerre que celle de l'extérieur, d'autres ennemis que ceux de la patrie. Il est authentique, et je tiens à la disposition des curieux son manuscrit original, qui est du temps, et qui me fut libéralement donné

*

par mon ami Jules de Forge, de Vesoul.
C'est bien un journal de marche; chaque
étape s'y trouve notée à son jour; chaque
fait de guerre paraît à son heure.

En un temps où l'avancement était si
rapide, il ne fut pas de plus humble carrière
que celle de notre héros, et c'est précisément
ce qui m'a intéressé dans une œuvre que ne
recommande, il faut le dire, aucune séduc-
tion littéraire; elle est simple comme le carnet
d'un soldat-citoyen qui remplit son devoir
complètement et modestement. De 1792 à
1802, il fait campagne chaque année : avec
l'armée de Sambre-et-Meuse, il protège nos
places du Nord et fait son entrée à Bruxelles;
avec l'armée de Rhin-et-Moselle, il pousse
jusqu'à Munich et accomplit cette retraite
devenue fameuse sous le nom de *retraite de
Moreau*; avec l'armée d'Italie, il résiste dans
Gênes jusqu'à la dernière extrémité. Resté
le neuvième d'une compagnie de cent dix
hommes détruite par la guerre, réduit par
une blessure à regagner son village, il n'a
ni un mot de plainte, ni un mouvement
d'humeur ou d'ambition déçue. Il reste fier
d'avoir servi son pays avec honneur et avec

probité. J'insiste sur ce dernier mot, parce
que plusieurs pages de son journal témoi-
gnent des plus nobles sentiments (1). La
partie descriptive n'en est pas bien riche,
les développements et les réflexions ne
sont jamais poussés loin, mais si l'esprit
de l'auteur est borné, son âme apparaît
grande et généreuse, on sent qu'il est
honnête homme et bon Français. On oublie
la sécheresse et la monotonie même du
récit, parce qu'il vous fait sûrement connaître l'esprit du soldat et aussi les cruelles nécessités de la guerre.

Il est bon de savoir à quel prix on achète
une victoire.

Certes, c'est déjà beaucoup que le courage
de faire le coup de feu ou de se lancer sur
l'ennemi baïonnette en avant. Mais que de
soldats tombés sur la route avant de voir
luire un jour de bataille! Combien de victimes obscures sont dévouées aux marches
sans fin, aux misères du bivouac, aux privations des sièges, aux souffrances d'une

(1) Voyez entre autres les pages 37, 55, 64, 170, 117,
171, 174. Et ce ne sont pas les seules.

campagne d'hiver où la maladie et la faim n'ont pas peur de votre fusil.

On ne saurait se faire idée de cela en voyant défiler un régiment ni en lisant un rapport officiel.

D'autres enseignements ressortent de notre journal. Il s'en dégage au plus haut degré l'expression de cette foi républicaine qui n'est pas encore admise sans réserve. Pour les besoins de certaines causes, on a contradictoirement exalté et ravalé les volontaires de notre première République. On verra que leur force morale fut à la hauteur de leurs souffrances, sinon de leur discipline. C'est déjà un point important acquis au débat qui n'est pas encore terminé, mais qui, pour l'honneur de nos armes, ne perd point à être approfondi. Je le constate sans esprit d'exclusion, car je suis de ceux qui ne voient ni tout en rose, ni tout en noir. Il semble que plus on creuse le passé, moins on devient absolu. En histoire, le bon et le mauvais restent aussi inséparables, dans les faits, que l'ombre et la lumière dans un paysage. On remarque seulement à certaines heures plus de lumière ou plus d'ombre, et c'est dans la mise en valeur de cette inégalité que se trouve la vérité du tableau.

Si les volontaires de 1792 n'ont pas été aguerris du premier coup, ils ont donc montré vraiment l'esprit national, c'est-à-dire la volonté de faire respecter la France au péril de leurs vies, ce qui est la première qualité du soldat.

Le *Journal de Fricasse* a été publié avec tout le respect possible. J'ai retranché les répétitions et les mots inutiles, orthographiant à l'occasion, mais sans me permettre d'ajouter quoi que ce soit. Au point de vue militaire, ce que j'ai lu des relations du temps m'a prouvé que l'auteur disait vrai sur la date des mouvements dont la portée lui échappe nécessairement. On sait que, excepté au grand état-major, c'est à l'armée qu'on est le moins renseigné sur la marche générale des opérations.

Les moyens de contrôle nécessaires nous ont été fournis par les *Mémoires* d'un maréchal d'Empire qui ne saurait être suspect. Soult fut officier dans la même division que le sergent Fricasse; il appuie les

**

VOLONTAIRE DU 1er BATAILLON DE PARIS.

D'après une gravure publiée à Leipzig en 1794.

détails donnés ici par ses propres affirma-
tions, que nous avons fréquemment repro-
duites. A ce propos, on doit rendre hommage
à la franchise avec laquelle le duc de Dal-
matie paye son tribut d'admiration aux armées républicaines ; il s'honore d'avoir partagé leur pauvreté, leur fierté, leur ardeur
patriotique. Il déclare que le sort de la Po-
logne était réservé à la France républicaine
si les engagements pris à Pilnitz avaient
pu se réaliser.

« Mais les soldats français, dit-il, ne
comptaient pas le nombre de leurs ennemis ; ils avaient foi en leur propre valeur.
Malgré les revers qu'ils éprouvèrent au
commencement, les privations qu'ils eurent
à supporter, le fréquent remplacement de
leurs généraux, la profonde impression que
devaient produire sur eux les cris des fac-
tions et les déchirements de l'intérieur, toujours au-dessus de leur fortune et de leur
situation, ils ne virent que des devoirs à
remplir ; et, en attirant sur eux les dangers,
ils détournèrent les regards du monde des
scènes de désolation qui couvraient la sur-
face de la France. »

Puis, parlant de la fortune contraire au début de nos armes, Soult ajoute : « Les Français payèrent leurs essais par des défaites et subirent les effets inévitables de l'inexpérience de leurs généraux, de l'indiscipline des troupes, des vices de leur organisation, de l'imprévoyance ou de la cupidité de l'administration, et de l'influence souvent malheureuse des représentants sur les armées. Ce fut un temps d'épreuves difficile à passer, mais quand l'armée en sortit, elle s'y était retrempée ; les nouveaux chefs qui étaient destinés à fixer la victoire, sentaient sous le coup de ces revers leur intelligence se développer, méditaient sur les fautes qu'ils voyaient commettre et se formaient au milieu des rangs. »

A propos des remaniements que subit en 1794 la constitution de l'armée, le maréchal Soult entre dans des détails non moins attachants sur l'esprit de nos troupes d'alors ; ils ne sauraient perdre à être médités de nouveau et peuvent en tout temps fournir un bel exemple.

« Les officiers donnaient l'exemple du dévouement. Le sac sur le dos, privés de solde, (car ce fut plus tard seulement, et lorsque les assignats eurent perdu toute leur valeur, qu'ils reçurent en argent, ainsi que les généraux, huit francs par mois), ils prenaient part aux distributions comme les soldats et recevaient des magasins les effets d'habillement qui leur étaient indispensables. On leur donnait un bon pour toucher un habit ou une paire de bottes. Cependant, aucun ne songeait à se plaindre de cette détresse, ni à détourner ses regards du service qui était la seule étude et l'unique sujet d'émulation. Dans tous les rangs, on montrait le même zèle, le même empressement à aller au delà du devoir ; si l'un se distinguait, l'autre cherchait à le surpasser par son courage, ses talents ; c'était le seul moyen de parvenir ; la médiocrité ne trouvait point à se faire recommander. Dans les états-majors, c'étaient des travaux incessants embrassant toutes les branches du service, et encore ils ne suffisaient pas ; on voulait prendre part à tout ce qui se faisait. Je puis le dire, c'est l'époque de ma carrière où j'ai le plus travaillé et où les chefs m'ont paru le plus exigeants. Aussi, quoiqu'ils n'aient pas tous mérité d'être pris pour modèle, beaucoup d'officiers généraux, qui plus tard ont pu les surpasser, sont sortis de leur école. Dans les rangs des soldats, c'était le même dévouement, la même abnégation. Les conquérants de la Hollande traversaient, par dix-sept degrés de froid, les fleuves et les bras de mer gelés, et ils étaient presque nus : cependant ils se trouvaient dans le pays le plus riche de l'Europe ; ils avaient devant les yeux toutes les séductions, mais la discipline ne souffrait pas la plus légère atteinte. Jamais les armées n'ont été plus obéissantes, ni animées de plus d'ardeur ; c'est l'époque des guerres où il y a eu le plus de vertu parmi les troupes. J'ai souvent vu les soldats refuser avant le combat les distributions qu'on allait leur faire et s'écrier : Après la victoire on nous les donnera ! »

Le journal de notre sergent porte bien l'empreinte de l'élan auquel un maréchal d'Empire a voulu rendre hommage. Rien qu'à ce titre, il mérite la confiance du lecteur qui cherche la vérité dans les faits; l'incorrection de leur exposé n'enlève rien à la

grandeur du sentiment qui les domine.
Puisse-t-il faire condamner par nos contem-
porains cet amour du bien-être à tout prix
qui menace de fausser notre jugement des
devoirs militaires! Qu'une guerre survienne,
ce n'est qu'un concert de cris et de lamenta-
tions dans certains journaux, si les vivres
n'arrivent pas à l'heure dite et si les malades manquent des premiers soins. Malheur
très grand, sans doute, mais inévitable en
campagne. Cependant c'est à qui les analy-
sera de la façon la plus navrante pour donner
de la couardise à toute une nation .J'ai lu en
1871 certains articles d'ambulanciers que je
pourrais citer comme des modèles de ce genre
anti-national au premier chef. En temps de
paix, il se manifeste sous une autre forme.
Des mères de volontaires écrivent aux journaux pour se plaindre des corvées imposées
à leurs fils; certains volontaires eux-mêmes
croient être des héros d'abnégation en livrant
à la publicité le récit de leurs infortunes de
caserne. Pendant l'automne de 1881, un
journal n'a-t-il pas poussé la sensibilité
jusqu'à s'attendrir sur la marche d'un régiment qui avait fait, *sous la pluie*, l'étape de

Lagny à Courbevoie! — De tels articles sont à lire dans les réunions publiques où la désertion du drapeau est proclamée un devoir social. Dans une classe plus relevée, je pourrais citer plus d'un cas de désertion à l'étranger qui n'a pas été flétri comme il aurait dû l'être. En plein salon, n'ai-je pas entendu un écrivain de talent déclarer que le métier des armes était abject, et que les Français feraient bien mieux de prendre à leur solde une armée d'Allemands, que de se faire tuer bêtement par eux !

Simple paradoxe, me dira-t-on. Mais il est des paradoxes aussi humiliants que des aveux. On a ridiculisé dans le *chauvinisme* l'exagération enfantine du patriotisme; craignons le ridicule contraire qui serait infiniment plus dangereux.

Il est temps de mettre son orgueil à savoir souffrir. A ce prix seul, nous pouvons redevenir aussi forts que nos anciens.

JOURNAL DE MARCHE

DU

SERGENT FRICASSE

RECUEIL DES CAMPAGNES QUE J'AI FAITES
AU SERVICE DE MA PATRIE.
RÉPUBLIQUE FRANÇAISE UNE ET INDIVISIBLE

Je suis né le 13 du mois de février 1773, dans le village nommé Autreville, à deux lieues de Chaumont en Bassigny, chef-lieu du département de la Haute-Marne. Je suis fils légitime de Nicolas Fricasse, jardinier, et d'Anne Corniot, de la dite paroisse. A peine étais-je au monde, mes parents ont été appelés pour être jardiniers chez le seigneur de Juzennecourt. C'est dans cet endroit que j'ai été élevé et que mes parents m'ont appris à connaitre ce que devait savoir un honnête homme.

Puis, mon père fut cultiver les jardins des Bernardins de Clairvaux. Ce changement a fait beaucoup pour mon apprentissage. Mon père était un des maîtres, et avait sous sa conduite quatre garçons. Après trois ans, il est retourné reprendre son ménage, et on m'a confié le même emploi qu'avait mon père. Je n'oublierai jamais un moine nommé Le Boulanger ; il était archiviste et sacristain en chef. Ce digne homme n'a cessé de me procurer l'occasion de m'instruire, mais l'idée n'y était pas, et je n'ai pas su en profiter. Il me disait souvent : « Vois un peu, tu sais déjà lire et écrire. Eh bien ! je veux t'apprendre la géographie ; elle est bien utile à une personne qui veut faire quelque voyage. » Dans ce temps, je ne croyais jamais le quitter et je pensais que son grand savoir me servirait sans apprendre. Ah ! que j'ai bien connu mes fausses idées dans la suite !

Dans ces années, les États généraux se sont assemblés, et on a parlé de la suppression des couvents. Ceci a changé bien des idées, surtout dans le couvent où j'étais, qui était de quatre-vingt-dix religieux. Les voilà donc obligés de quitter, et moi aussi. Je suis entré jardinier chez le marquis de Messey, seigneur de Braux-le-Châtel. Ce seigneur m'a donné beaucoup de louanges ; s'il était content, je ne l'étais pas, car la terre de son jardin était trop aride, et j'avais grand'peine à la cultiver.

Comme il était premier capitaine d'un régi-

ment de cavalerie française nommé Royal-
Étranger, en garnison à Dôle en Franche-Comté,
il part pour rejoindre son régiment avec toute
sa famille, et nous laisse dans la maison avec
un cocher et une servante. J'en reçus une lettre
dans laquelle il me marquait d'avoir soin de son
jardin et de ses arbres, et qu'à son retour il me
récompenserait. Présent ou absent, cela ne
m'empêchait pas de faire mon service. Après,
j'ai été une infinité de temps sans recevoir de ses
lettres ; j'avais beau en attendre, car le marquis
avait émigré avec toute sa maison qu'il avait à
Dôle. Me voilà donc résolu de le quitter. On
a vendu tous les biens aussitôt après mon
départ.

Sortant de cette maison, je savais déjà où
était ma place : j'avais été prévenu d'avance par
le maître et la maîtresse. Ces aimables gens
étaient venus voir le jardin, mais je n'avais pu
leur promettre que pour la fin de la campagne.
Me voilà entré au service du citoyen Quilliard,
de Ville-sur-Laujeon (avant la Révolution, Châ-
teau-Villain) [1]. C'était des gens vertueux, des
cœurs remplis d'humanité ; leur bon caractère
était peint sur leur visage. Tout cela me faisait
croire que je ne pouvais passer que des jours
heureux au service de ces généreux citoyens.

---

1. Le nom de Château-Vilain a définitivement survécu.

Après l'ouvrage du jardin, venaient les parties
de chasse que le maître de la maison faisait
presque tous les jours avec plusieurs bourgeois
de la ville; c'était le plus souvent pour chasser les
grandes bêtes, cerfs, chevreuils et sangliers,
dans les forêts immenses que le duc de Pen-
thièvre avait dans les environs.

Je me voyais chéri de mes maîtres, mais aussi
je faisais en sorte de l'être toujours et de mériter
leur confiance, lorsqu'il a été requis un bataillon
dans le département. En ce temps le citoyen
Quilliard commandait la garde nationale du canton; il donne ordre que toutes les communes se
rassemblent au chef-lieu le 24 août 1792. Le
24 au matin, il nous dit :

« Vous savez sans doute la besogne que j'ai
à remplir : il nous faut plusieurs volontaires;
ceux qui veulent quitter mon service sont libres.
Si toutefois il ne se trouvait pas assez de volontaires, tous les pères de famille et les garçons
seront obligés de tirer au sort. Si ce n'est pas
votre dessein de partir, hé bien! mes amis, je
ferai tout ce qui dépendra de moi pour vous
rendre service en en faisant partir d'autres à
votre place. »

Nous voilà donc à la ville où tous les villages
du canton étaient rassemblés. En premier lieu,
il ne se trouvait guère de volontaires; il était
une heure de l'après-midi que plusieurs compa-

gnies de garde nationale, composées de cent
soixante hommes, n'avaient pas encore fourni
l'homme qu'il leur fallait[1]. Dans le nombre, se
trouvait la mienne, et je me trouvais rempli d'un
désir depuis longtemps. Combien de fois j'avais
entendu, par les papiers[2], la nouvelle que notre
armée française avait été repoussée et battue
partout! je brûlais d'impatience de voir par moi-
même des choses qu'il m'était impossible de
croire. Vous direz que c'était l'innocence qui me
faisait penser ainsi, mais je me disais souvent
en moi-même : « Est-il donc possible que je n'en-
tende dire que des malheurs? »... Oui! il me
semblait que, si j'avais été présent, le mal
n'aurait pas été si grand. Je ne me serais pas
dit meilleur soldat que mes compatriotes, mais
je me sentais du courage, et je pensais que, avec
du courage, on vient à bout de bien des choses. »

En ce moment, pour remplir mon devoir, je me
suis présenté à la tête de la compagnie; je leur
ai demandé s'ils me trouvaient bon pour entrer
dans ce bataillon. Les cris de toutes parts se

1. En 1791, on avait déjà formé des bataillons de garde nationale destinés à entrer dans le cadre de l'armée. Soult rappelle,
au début de ses *Mémoires*, qu'il se trouvait lors en garnison à
Schelestadt avec le premier bataillon du Haut-Rhin. « Ce corps
était nombreux, dit-il, animé d'un bon esprit, mais fort peu de ses
officiers étaient capables » — On trouvera dans le n° 1 de notre
supplément un extrait intéressant des *Mémoires de Carnot* sur les
effets de la levée en masse qui fut ensuite décrétée.

2. Les *papiers publics,* les journaux

sont fait entendre : « Oui! nous n'en pouvons
pas trouver un meilleur que vous!»

Me voilà donc enregistré par le capitaine et le
juge de paix, sans avoir prévenu mon maitre
de mon sentiment, dans le moment qu'il s'offrait
à me rendre service. Je conviens que ce n'était
pas bien fait de ma part, mais j'étais timide. La
timidité et la jeunesse empêchent quelquefois de
dire sa façon de penser.

C'est huit jours après, le 24 août, que j'ai
quitté la maison; j'ai été dire adieu à mon père
et à ma mère. Ceci m'a bien attendri de voir
verser des pleurs à toute la famille sur mon éloi-
gnement sans leur aveu. Depuis ce moment,
je voyage. Le lecteur pensera si j'ai bien ou
mal fait.

Mon bataillon était requis par le général
Biron ; son titre était *Premier bataillon de grenadiers et chasseurs de la Haute-Marne.*

L'ordre du départ est enfin arrivé ; le 2 septembre, je me suis rendu à Chaumont, chef-lieu
du département. Nous y avons nommé des officiers provisoires qui nous ont montré les premiers principes de l'école du soldat sans armes.
Les noms de ces officiers étaient : Ruel, capitaine,
Barthélemy, lieutenant ; Lemoine, sergent major ;
tous trois habitants de la ville. L'ordre de
former le bataillon venu, nous sommes partis le
5 octobre pour Saint-Dizier. En y allant, nous

avons logé à Joinville ; l'étape nous était fournie ainsi que le logement.

A Saint-Dizier, on nous a fait prendre des cantonnements dans les environs, en attendant l'organisation. Je me suis trouvé dans la partie envoyée à Louvemont ; dans ces cantonnements, nos officiers de route nous ont montré le maniement des armes.

Parti de Louvemont le 2 novembre, pour retourner à Saint-Dizier, pour notre organisation. C'est dans ce moment que mes compagnons m'ont honoré du grade de caporal dans la sixième compagnie ; j'avais pour capitaine Lemoine ; pour lieutenant, Mongis ; pour sous-lieutenant, Thiébault.

Après que le bataillon a été organisé, on nous a fait cantonner de rechef ; mais nos nouveaux cantonnements étaient à trois ou quatre lieues plus loin de Saint-Dizier où notre état-major est toujours resté. Deux villages étaient destinés à notre compagnie: Chamouilley, où le capitaine est resté avec la première section, et Bienville où j'étais avec les lieutenants: ces villages sont situés sur la Marne. Nous ne touchions aucun vivre ; on donnait à un caporal vingt-trois sols huit deniers en papier par jour (pendant quelque temps, c'était six sols trois deniers en argent, et dix-huit sols en papier) ; un soldat avait quinze sols trois deniers par jour, tout compris. Avec ce prêt, nous étions obligés d'acheter tout ce qui nous était nécessaire. Les vivres n'étaient pas chers dans ce moment-là; nous pouvions vivre raisonnablement.

Nous sommes sortis le 21 janvier de ces cantonnements pour rejoindre la première section, et pour nous disposer à célébrer la bénédiction de notre drapeau, à Saint-Dizier.

Un jour après notre arrivée (le 24), on a donc assemblé le bataillon et on nous a conduits à l'église paroissiale de l'endroit. La bénédiction a été faite par notre aumônier: après, on a fait faire le serment de fidélité à tout le bataillon devant le drapeau. Le drapeau avait pour emblème une épée surmontée d'un bonnet de liberté, et pour devise: *Huit cents têtes dans un bonnet.*

Dans ce même moment, on a distribué à chaque compagnie un fanion sur lequel était son numéro. Comme tout le bataillon ne pouvait rester à la ville, car c'était un lieu de passage, on nous a envoyés reprendre nos cantonnements. La seconde section, dont je faisais partie, avait eu des difficultés avec des laboureurs de l'endroit qui ne voulaient pas nous vendre du bled pour du papier. Pour éviter tout différend, on nous a donné un autre village appelé Narcy, à une demi-lieue de la Marne. Nous avons achevé d'y passer l'hiver.

Notre état major a changé pour aller dans une autre ville nommée Vassy. Dans ce moment, nous avons changé de cantonnement. C'était le 15 mars; nous étions dans les environs de la ville, nous avions pour la compagnie deux villages qui se nommaient Brousseval et Domblain, où nous avons reçu notre habillement complet. Notre chef de bataillon, nommé Deprée, faisait souvent rassembler les compagnies pour faire la manœuvre. Comme nous étions au printemps, plusieurs fois il nous faisait lever dès la petite pointe du jour, prendre les armes et mettre le sac au dos; il nous menait à deux ou trois lieues à la promenade militaire. Tout cela se faisait en attendant l'heure du départ.

Je ne ferai point de grandes observations sur les pays où nous avons resté. C'est un pays où le monde est très affable; il produit du pain, du vin et une infinité d'autres denrées ; chaque particulier y vit content de son labeur. Nous avons quitté ces contrées pour aller à Metz, le 12 avril, par Bar-sur-Ornain, Saint Mihiel, Pont-à-Mousson.

Metz est une ville de guerre très fortifiée, et, dans ce temps-là, on augmentait encore ses fortifications. Nous avons fait le service de cette place pendant trois mois et demi, et logé au quartier Chambière avec le régiment de Suède. Nous avons été exercés à faire les différents feux.

Nous sommes partis, le 17 août, de Metz pour

1

Maubeuge où était une partie de l'armée du Nord.

Avant de passer plus loin, je dirai que j'ai fait à Metz une maladie qui m'a porté à deux doigts de la mort. J'attribuais la cause de cette maladie à l'air de la ville[1], car j'avais toujours joui du bon air de la campagne. Peut-être aussi la distance de soixante lieues du pays m'a donné ces six semaines d'hopital.

Nous en reviendrons à notre armée du Nord. Nous y voilà arrivés : c'est dans peu qu'il nous faudra mesurer pour la première fois nos armes avec celles de notre ennemi.

Nous n'avons pu loger au camp, car les tentes étaient toutes remplies; nous avons été obligés de rétrograder jusqu'au village de Beaufort, entre Avesnes et Maubeuge (c'était le 31 août). Là, nous avons trouvé le régiment de Beaujolais.

Depuis, ce n'a été que bivouacs et contremarches nuit et jour, car nous avions affaire à un ennemi dont nous n'étions pas les maitres, et nous n'étions que très peu de monde.

7 septembre. — Partis de Beaufort pour Ténières près de la Sambre, où l'ennemi venait piller tous les jours. Nous nous sommes opposés à leur dessein. De là, nous avons été à Avesnes.

Après un repos de quatre heures, on a battu la

---

1. Les casernes Chambière ont en effet toujours passé pour malsaines, en raison des eaux stagnantes des fossés qui sont dans leur voisinage.

générale. Nous sommes partis pour Marbaix, sur
la route de Landrecies, où nous avons bivouaqué
pendant quarante-huit heures, suivant le mouvement de l'ennemi.

12 septembre. — A cinq heures du matin, nous
sommes arrivés derrière Landrecies. La tête de
colonne a commencé l'attaque derrière la ville,
sur la route du Quesnoy. Feu vif de notre part,
mais l'ennemi a très bien répondu dans la forêt
de Mormal où il était retranché. Cependant leurs
premiers retranchements ont été enlevés, mais
les abattis de gros arbres nous ont empêchés d'aller
plus avant. Notre bataillon est entré dans la
forêt à huit heures du matin. A sept heures du soir,
la colonne s'est retirée. On a perdu du monde dans
les deux partis. L'armée de siège de l'ennemi
venait donner du secours à l'armée d'observation. C'est ce qui a fait que nous nous sommes
retirés sur les glacis de Landrecies, sans quoi ils
nous auraient bloqués dans la forêt[1]. Pour notre
première bataille, le succès n'a pas été bien grand.

1. L'armée du prince de Cobourg avait en effet occupé la
forêt de Mormal en bloquant Le Quesnoy. « De faibles détachements français observaient ses mouvements, dit Soult ; ils ne
purent l'empêcher de déployer les immenses moyens qu'on
avait préparés pour réduire la place, elle capitula le 11 sep
tembre, après avoir soutenu quinze jours de tranchée. Dans le
temps qu'elle succombait, des efforts tardifs étaient faits pour la
dégager : à Avesnes, par une division sortie de Cambrai, à Fontaine, par une autre division sortie de Landrecies ; à l'entrée de
la forêt de Mormal, par une colonnie partie du camp de Mau-
euge. » Cette dernière colonne est celle dont il est ici question.

Repos de trois heures sur les glacis de Landrecies; on nous a donné quelques petits rafraîchissements. La colonne s'est remise en route; chaque corps a été reprendre ses positions du 7 septembre. — Quinze heures de marche.

Notre colonne de douze mille hommes, tant cavalerie qu'artillerie, avait voulu débloquer le Quesnoy et lui faire passer des vivres. Il était trop tard; lorsqu'elle est arrivée pour attaquer l'armée d'observation de l'ennemi, la ville s'est rendue; son dernier coup de canon était tiré avant le commencement de notre attaque.

Revenus à Beaufort, le bivouac a commencé à une heure du matin, à une demi-lieue en avant du village, derrière le régiment de Beaujolais qui était campé sur une hauteur, à un quart de lieue de la Sambre. On attendait de jour en jour le blocus de Maubeuge.

29 *septembre*. — Nous étions à bivouaquer comme de coutume, lorsqu'un déserteur autrichien est venu au camp de Saint-Remi-malbâti: il a dit que l'ordre était donné dans leur régiment de se tenir prêt à passer la Sambre pour les quatre heures du matin. Le régiment de Beauce, n° 68, était à ce camp; il a redoublé son service et s'est mis sur ses gardes. Il faisait un brouillard très obscur: aussi l'ennemi en a bien profité pour jeter ses pontons pendant la nuit, et, à quatre heures précises, ont passé

trente mille hommes bien assurés de la victoire [1].
Les troupes campées sur les hauteurs près la
Sambre ont fait vigoureuse résistance, mais
n'ont pu tenir contre une colonne si nombreuse,
et ont été obligées de se replier sur nous, qui
étions en seconde ligne. Nous n'avons pu arrêter
la marche des Autrichiens qui nous attaquaient
de tous les côtés.

Retraite sur la ville de Maubeuge. Malgré
notre vigoureuse résistance, nous n'avons pas
tardé à être bloqués par leur nombreuse cavalerie qui cherchait à s'emparer des villages et des
bois où nous devions passer. Comme nos tirailleurs ne leur donnaient pas assez d'occupation
et ne nous laissaient pas le temps de défiler, nous
avons été obligés de nous mettre en bataille en
avant de la forêt de Beaufort. A l'approche de
l'ennemi, nous avons fait le feu de file pendant
trois quarts d'heure. Son artillerie nous a forcés
une seconde fois à la retraite, après avoir perdu
un canon et plusieurs canonniers tués et blessés.
Vingt hommes de notre bataillon mis hors de
combat. Notre route était coupée; il ne restait
plus pour notre retraite qu'à nous enfoncer dans
le bois et sortir comme l'on pourrait.

---

1 Les détails du texte sont confirmés par un nouveau passage
des *Mémoires* de Soult; la légère différence donnée dans l'évalua-
tion des troupes est plus qu'annulée par le renfort qui arrive
ensuite à l'ennemi.

Nous voilà donc en marche. Après avoir fait une demi-lieue dans cette forêt, étant prêts de sortir, un régiment ennemi qui se dérobait à notre vue nous force de chercher un autre passage. Sur une autre lisière du bois, l'ennemi nous cerne de même. Ma foi ! il n'y avait plus à balancer. Rester prisonnier ne nous accommodait pas ; nous avons passé au travers de l'ennemi qui n'a cessé de faire une fusillade continuelle.

De cette forêt, nous avons rejoint la colonne qui se rassemblait dans la plaine, du côté de la route de Frieville. On voulait encore leur faire résistance, mais en vain. Il a fallu se mettre à l'abri dans le camp et disposer l'artillerie des redoutes à défendre les approches. L'ennemi s'est emparé des villages aux environs de la ville et a pillé nos effets qui y étaient restés.

Trente hommes de notre bataillon, restés dans la forêt de Beaufort sans avoir pu percer pour nous rejoindre, avaient été obligés de se renfoncer dans le bois. Chemin faisant, ils ont fait prisonnier une sentinelle autrichienne. Ce soldat, très content d'être prisonnier, a aidé nos hommes à sortir du bois et les a conduits dans un endroit, qui était le moins gardé, où ils ont pu passer entre les postes à la faveur d'une nuit obscure (30 septembre). Ils ont été faire le service à Avesnes, et nous ont rejoints après le déblocus de Maubeuge.

La même nuit, vers les dix heures du soir, notre bataillon a pris la garde de la *redoute du Loup* pour vingt-quatre heures. Après avoir été relevés, nous avons été prendre position à la gauche du camp retranché de Falise; c'était le nom du camp de Maubeuge.

Nous attendions de jour en jour le siège, mais en vain. Il a été rapporté par plusieurs personnes que l'intention du général Cobourg n'était pas d'assiéger la ville, mais de la faire rendre par famine, car elle n'était pourvue d'aucuns vivres. On comptait vingt mille hommes en état de porter les armes, tant dans le camp que dans la ville; au moment du blocus, on a fait le serment de mourir les armes à la main plutôt que de se rendre aux ordres d'un tyran.

6 *octobre.* — Sortie de six mille hommes, mais sans succès. Ils se sont présentés le triple et le double de ce que nous étions. On ne s'en est tiré qu'avec une grande perte.

7. — Même insuccès. Nous sommes investis de toutes parts sans pouvoir nous donner de l'élargissement.

Le 5 octobre, à la redoute de gauche, entre le bois du Tilleul et nos avant postes, une sentinelle française et une sentinelle hollandaise étaient à soixante pas l'une de l'autre, ce qui leur donnait facilité de converser. Quatre soldats

de mon poste se sont avancés; les Hollandais,
qui étaient dans le bois du Tilleul, ont été portés
par la curiosité à se mêler de la conversation.
Cependant, un Français reçonnaît, parmi les Hollandais, son frère, qui était le plus empressé à
demander comment nous étions, ce que nous
pensions, et si les vivres ne nous manquaient
pas.

Réponse : « Il ne manque rien aux républicains. »

Par dérision, ils répliquaient que nous mangions déjà nos chevaux, et que, avec notre papier,
nos assignats, il fallait mourir de faim. Ils ajou-
taient qu'ils nous tenaient dans leurs filets, qu'ils
nous feraient danser une dernière fois *la carmagnole.* Celui-là disait que, quoique Français, il
prendrait plaisir à nous voir arracher la langue.

Un volontaire lui dit : « Camarade, vous ne
paraissez pas Hollandais, et sans doute il n'y a
pas longtemps que vous êtes sorti de France.
Vous paraissez bien sanguinaire pour une patrie
qui renferme vos parents, mais que vous ne
devez pas espérer revoir, car la loi prononçant
votre arrêt de mort ferait tomber votre tête. Voilà
ce qui est réservé aux coquins de votre espèce. »

Son frère, qui l'avait reconnu, interrompit la
conversation en disant : « Laissez-moi voir ce
coquin ! C'était autrefois mon frère. »

L'autre dit : « Si j'ai été ton frère, je le suis encore. »

Le volontaire dit que non, qu'il s'en était rendu indigne. « Tu sais, malheureux, ajouta-t-il, que je suis parti volontairement. Qu'il te souvienne de la promesse faite ! Tu me promis d'avoir soin de notre mère, mais tu as faussé ton serment, tu l'as laissée sans subsistance et dans le chagrin ; tu es indigne de vivre, tu n'es pas un humain, mais un vrai barbare ».

(Il faut remarquer que ce soldat généreux faisait part à sa mère de la moitié de sa paye.)

Les Hollandais, qui entendaient un peu le français, ne manquèrent pas de le blâmer, et le lâche se retira. Son frère arme son fusil, tire et l'attrape à la cuisse. Il se relève et s'enfonce dans le bois.

Un dragon autrichien, du régiment de Cobourg, chargeait un des nôtres, du 12ᵉ dragons. Après avoir tiré chacun leur coup de pistolet, ils s'approchent pour se sabrer. Quelle surprise ! Ils se reconnaissent pour frères ; depuis quinze ans ils ne s'étaient vus. A l'instant, leurs sabres tombent, ils sautent de cheval et se jettent au cou l'un de l'autre, sans pouvoir dire un seul mot. Un instant après, ils juraient de ne plus se séparer et de vivre sous le même étendard. Notre dragon fut trouver le général Jourdan pour le prier de ne point regarder son frère comme déserteur ni comme prisonnier, et le général consentit à incorporer cet homme dans le régiment.

Heureuse époque du 18 octobre! C'est à une colonne de quatre-vingt mille hommes[1], commandée en chef par le général Jourdan, que nous devons notre liberté. Ils se sont battus, pendant deux jours, avec intrépidité[1]. Ce combat s'engageait par une quantité de tirailleurs avec l'artillerie ; la cavalerie et le reste de l'infanterie soutenaient ensuite. Le troisième jour, le brouillard était moins obscur ; la lumière a donné de la force à nos armes, et, malgré leurs fortes redoutes, notre armée les a mis en déroute.

Ces quatre-vingt mille hommes venaient de la Vendée, étaient commandés par un républicain ; mais aussi la troupe l'a secondé. Ils ont fait repasser la Sambre à l'armée autrichienne qui a profité de la nuit pour disparaître, en laissant une quantité d'outils servant au travail de leurs redoutes.

Je rapporterai ici ce que nous disaient les soldats autrichiens : « Eh ! petits *carmagnoles* [2],

---

1. L'armée de Jourdan ne comptait en réalité que 45,000 combattants; ils ne venaient pas de la Vendée, mais des camps de l'armée du Nord et de l'armée des Ardennes. On trouvera dans le numéro 2 de notre supplément un émouvant récit du combat qui amena la levée du blocus de Maubeuge; il est extrait des *Mémoires de Carnot*, par son fils. (Paris, Pagnerre, 1837. Tome I, page 399). Les détails remarquables qu'on y trouve formaient un complément nécessaire de notre texte.

2. Allusion à la fameuse ronde révolutionnaire dite : *carmagnole*. On la retrouve page 16.

vous ne sortirez pas d'ici que vous ne soyez en notre pouvoir. Notre général a dit que si votre bonnet rouge était de force à faire partir l'aigle impérial, et à faire lever le siège, il adopterait votre constitution et serait du parti des républicains [1].

Il ne l'a pas adopté, mais il a eu la *chasse* répucaine. »

18 *octobre*. — Sortis de notre camp à la découverte, nous nous sommes rendus à Hautmont, village à gauche de Maubeuge, tout en désastre. On était après la moisson ; l'ennemi s'est servi des grains pour faire des baraques et donner à manger aux chevaux. C'était la plus grande désolation. Les habitations des cultivateurs dévastées et même en grande partie brûlées. Voyez un peu ce qu'est la guerre. Malheur au pays où elle est posée ! Les habitants n'y peuvent qu'être malheureux.

Quoique nous n'ayions pas été longtemps bloqués, je dirai que nous sentions déjà notre misère, les vivres nous étaient retranchés (rationnés) ; la rivière passait au bas de notre camp, mais l'ennemi nous avait coupé l'eau ; nous étions obligés de la prendre dans les fossés des retranchements où on allait faire les nécessités. La pluie, qui tombait continuellement

1. Le propos a été en effet attribué au prince de Cobourg, qui commandait alors l'armée assiégeante.

faisait de tout cela un mélange. Aussi plusieurs de nous y avaient gagné le flux de sang.

Revenons à nos contremarches : l'ennemi a été repoussé, mais il faut garder ses passages.

29 *octobre.* —Partis de Hautmont pour aller à la droite de Maubeuge, dans un village appelé Marpent, sur le bord de la Sambre, où de temps en temps on se souhaitait le bonjour à coups de fusil avec les postes autrichiens.

14 *novembre.* — Partis de Marpent pour aller au camp de Saint-Remy, sur les hauteurs, jusqu'au 29. Ce dernier jour, nous sommes allés à Colleret.

Année 1794

Nous avons quitté Colleret pour Damousies le 12 janvier 1794, deuxième année de la République. Tous ces villages étaient en première ligne, près des avant-postes ennemis ; car les impériaux avaient un passage sur la Sambre, près de Beaumont de sorte que nous étions obligés de nous garder partout. On allait fourrager pour la cavalerie sur leurs frontières, car les fourrages n'étaient pas bien abondants dans des pays où la troupe est toujours campée.

De Damousies, nous sommes venus, le 19 janvier, au village d'Aibes, toujours en première ligne où le bivouac était continuel. Là, je suis passé sergent, par ancienneté de grade, le 26 pluviôse.

Nous avons reçu dans ce temps des recrues de la réquisition, et les compagnies ont été au grand complet. A peine avait-on le temps de montrer les premiers principes d'exercice à tous ces hommes qu'il fallait aller se battre; aussi, la rigueur de l'hiver nous a causé bien des maux. Dans ces temps là, il n'y avait point d'armistice; hiver comme été, on était toujours en campagne.

Quitté Aibes, le 6 germinal, pour nous rendre à Jeumont. La moitié du bataillon a campé à une demi-lieue à droite, à un bois nommé le *Bois de l'abbaye brûlée*. Tous les quatre jours, on relevait les postes à quarante pieds de distance de l'ennemi, et, en d'autres endroits, il n'y avait que la Sambre qui séparait. Dans cet endroit, bien des fois nous nous sommes souhaité le bonjour à coups de fusil. On ne cherchait qu'à se surprendre les postes et à enlever les sentinelles.

Le 22, nous sommes partis de cette position. L'ennemi faisait de nouvelles tentatives pour bloquer Maubeuge. Encore une demi-heure plus tard, cela en était fait. Mais la brave armée du Nord ne s'est point découragée. Nous avons battu en retraite à deux lieues près de Cerfontaine, où était le quartier général. Toute la troupe était sur une ligne, disposée au combat qui a commencé aussitôt. La colonne autrichienne a été repoussée au delà de ses positions, laissant une très grande quantité de morts, de blessés et de prisonniers.

Nous avons repris notre position dans le village. Nous y avons trouvé de leurs chasseurs à pied qui avaient passé la Sambre pour piller ; nous leur avons fait des prisonniers, et le reste de la journée s'est passé à se donner des saluts républicains[1].

Avant de quitter les frontières du Hainaut, pour l'autre rive de la Sambre, je parlerai de la situation des habitants. La plupart n'avaient plus d'habitations (et encore combien avaient perdu la vie!). Je compare l'ennemi à une grêle qui ne laisse rien dans les campagnes où elle passe.

Dans ces contrées si fertiles, ces habitants vivaient tranquilles ; leurs terres produisaient de bon froment, toutes sortes de grains, de fruits et de légumes. Le vin, très cher, n'est pas beaucoup en usage ; la bière est la boisson. Leur manière de vivre est très simple : lait, fromage et fruits, c'est là leur usage. Bétail à cornes très beau ; chaque habitant en possède plus ou moins selon son pâturage ; il a des clos entourés de bois de tous genres desquels il tire du chauffage pour l'hiver ; dans ces clos, il coupe le premier foin ; après cela, leurs vaches y restent jusqu'à l'hiver sans rentrer à l'écurie. On ne voit

1. Échanger des coups de fusil.

presque pas les villages qu'on ne soit dedans ;
c'est tout clos, avec de grands bois à l'entour et
près de chaque maison. La plupart des maisons
sont couvertes de paille. Dans ce pays, les deux
sexes y sont affables et humains.

8 *floréal*. — Nous sommes entrés dans la ville
de Beaumont après une bataille avec les émigrés
où il y en a beaucoup de restés sur le champ.
Nous n'en avons faits prisonniers que très peu,
car ils ne se rendaient pas volontiers.

Nous avons chassé l'ennemi de ses fortes positions autour de la ville ; nous nous en sommes
emparés sur-le-champ ; elles nous étaient avanta-
geuses.

18. — Arrivés au camp de Beaumont. Repartis
le 20 à huit heures du soir, traversant la ville
pour aller bivouaquer, jusqu'à la pointe du jour,
sur la route de Mons, à deux lieues en avant.
A la pointe du jour, nous avançons sur l'ennemi
campé dans la plaine. Ses dispositions pour
nous recevoir n'ont pas été assez promptes ; il a
pris la fuite dès notre première attaque. Dans
cette même affaire, j'ai été détaché avec des
tirailleurs pour débusquer les leurs d'un village ;
nous en avons pris huit et tué quelques uns. Le
reste a pris la fuite.

22. — Après avoir fait plusieurs mouvements,
malgré la pluie qui tombait tous les jours et rendait les routes impraticables, nous nous sommes

arrêtés dans la plaine de Beaumont pour y
passer la nuit.

23. — Dès la pointe du jour, la troupe a été divi-
sé een trois colonnes ; celles de droite et de gauche ont attaqué l'ennemi avec tant d'ardeur
qu'elles l'ont fait se jeter sur nous au centre. Il y
avait plus d'une demi-heure que nous entendions
ronfler le canon et la fusillade. Il y avait un mur-
mure dans notre colonne de ce qu'on était dans
l'inaction. Tout à coup, on a vu l'ennemi ma-
nœuvrer sur nous, ils n'ont pas été reçus avec
moins d'audace. Nous les avons forcé à repasser
la Sambre ; plusieurs d'entre eux ont bu plus
qu'ils n'ont voulu. Nous avons passé après eux ;
nous les avons poussés à plus de deux lieues au
pas de charge. Nous avons pris plusieurs canons,
quantité de prisonniers ; très grand nombre de
tués. On n'aurait pas arrêté si la nuit n'avait
empêché de poursuivre.

24. — Nous nous sommes mis en marche dès la
pointe du jour. Une colonne a longé la Sambre ;
l'autre avançait sur la droite. L'ennemi nous
attendait dans ses fortes redoutes. Nous n'avons
pas hésité. Le feu a commencé par une canonnade très vive. Notre artillerie s'est mis en devoir
de répondre avec ardeur, elle a été soutenue par
le feu de l'infanterie qui s'est avancée au pas de
charge et a enlevé la redoute de vive force, malgré un feu terrible. — Toute la troupe à montré

un courage digne de véritables républicains.

Nous leur avons pris quatre pièces de canon
et leurs caissons, plusieurs prisonniers et beaucoup de tués. Nous les avons poursuivi, baïonnette aux reins, pendant une demi-heure, ils ont
atteint un village derrière lequel ils ont pris position, avec un renfort qu'il leur venait du camp
de Grisvel sous Maubeuge, ce qui nous a tenu en
échec devant le village nommé Grand-Reng. On
s'est mis en bataille devant le village et on a
envoyé une grande quantité de tirailleurs qui ont
de premier abord enlevé le village ; il leur a été
repris : de rechef, ils y ont rentré, mais venant à
bord de l'autre côté, des pièces à mitraille ont
développé leur feu sur eux, il était impossible de
passer outre. Pendant huit heures, le feu n'a pas
cessé d'un côté à l'autre. Le soir venu, les munitions ont manqué, nous avons été obligés de leur
abandonner notre position et de repasser la
Sambre. Nous avons perdu assez de monde[1].

Les jours précédents avaient été favorables. Ce
jour-là, nous avons perdu presque tout le terrain

1. Le maréchal Soult donne les détails suivants sur le combat
de Grandreng. « L'échec éprouvé par la colonne du centre rendit inutile le mouvement du général Mayer sur Haulchin, et per-
mit au prince de Kaunitz de marcher au soutien de sa droite, à
Grandreng, en dégarnissant sa gauche. Le général Déjardins
avait déjà enlevé quelques redoutes, et il pénétrit dans le village, quand tout à coup ses deux divisions sont elles-mêmes as-
saillies et débordées par la cavalerie autrichienne. Elles font,
avec l'appui de la brigade Duhesme, un dernier effort pour ren-

gagné, mais nous avons toujours notre passage sur la Sambre.

Voici donc de l'ouvrage à recommencer. Voyons si on s'y prendra de la même manière.

Il a fallu marcher toute la nuit pour arriver dans la plaine, où nous étions le 22.

25. — Malgré la pluie et le mauvais temps continuel, nous avons changé de position en nous rapprochant de l'ennemi. Nous n'avions pour couvert que le ciel.

26. — Nous nous sommes avancés pour nous opposer à la marche de l'armée autrichienne sur les bords de la Sambre. Le combat s'est engagé par nos tirailleurs tirés des compagnies à tour de rôle; l'artillerie les a secondés du matin au soir avec succès; elle a défait des pelotons de cavalerie, démonté plusieurs pièces; nos obus ont fait sauter des caissons, tué beaucoup de soldats et de chevaux. Une partie de nos soldats criait : « Venez, soldats de l'aigle impériale, vous ne résisterez pas longtemps à l'ardeur des soldats sans-culottes! »

Notre perte n'a pas été grande dans cette jour-

trer à Grandreng; mais elles échouent de nouveau, et sont obligées de précipiter leur retraite pour repasser la Sambre, malgré l'appui qu'elles reçoivent de la réserve de cavalerie. Le general autrichien acquit l'honneur de cette journée, en rendant ses forces mobiles, de la gauche au centre, et du centre à la droite, où il prit successivement la supériorité. Ses pertes furent beaucoup moindres que celles des Français, qui sacrifièrent plus de quatre mille hommes et douze pièces de canons. »

née; un boulet nous a tué deux chevaux. Nous avons passé la nuit sous les armes.

27. — Pris position au village de Hantes, sur la Sambre. L'ennemi a fait une tentative pour passer dans l'endroit où nous étions, mais il n'a pas réussi.

30. — Quitté notre position pour nous rendre sur les hauteurs de l'abbaye de Lobbes. Cette abbaye a été brûlée à la retraite des Autrichiens

1ᵉʳ *prairial*. — Nous allons attaquer l'ennemi; l'artillerie et les tirailleurs commencent. Fusillade soutenue de midi à la nuit. Le 2, le combat s'est engagé de même, mais avec beaucoup plus de succès; l'ennemi s'est retiré dans ses fortes redoutes près de Grand-Reng, où le feu a duré jusqu'au soir. Journée sanglante pour les deux partis; nous nous sommes retirés sur les hauteurs près de Grand-Reng. On a établi les postes tout près de ceux de l'ennemi.

Nous sommes restés quelques jours dans cette position.

5. — On dégarnit notre colonne de cavalerie et d'une partie de l'infanterie pour les faire passer à la droite qui ne se trouvait pas assez forte. L'ennemi voit ce mouvement et prépare le combat.

---

1. « Les revers du 13 avaient irrité les représentants sans les éclairer; ils ordonnèrent un nouveau passage, mais les opérations, encore plus mal dirigées que la première fois, eurent pour résultat des pertes beaucoup plus grandes. (SOULT.)

Nous n'avions aucun ordre de prendre les armes le matin. Ordinairement, c'est le matin que les grands coups se faisaient. Nous étions tranquilles sous des petits brise-vent que nous avions faits avec des branches d'arbres; un brouillard très épais empêchait nos avant-postes de découvrir les mouvements de l'ennemi quand il les a surpris. Aussitôt, on entend crier de toutes parts : *Aux armes!* Chacun a couru se ranger en bataille. Ils étaient déjà dans notre camp, et leur cavalerie s'avançait à grands pas sur la route de Mons. Il y avait une pièce de douze et une de huit chargées à mitraille; nos canonniers y ont mis aussitôt le feu et ont retardé leur marche. Ils étaient beaucoup plus forts que nous; néanmoins, ils ont été reçus d'une manière républicaine, mais, malgré notre vigoureuse résistance, nous avons été obligés de battre en retraite et de repasser la Sambre. Dans notre colonne, il n'y avait que le régiment de cavalerie n° 22 au moment de la retraite. Nous avons eu cent hommes hors de combat. Le reste de la journée s'est passé à tirailler. Passé la nuit à Jeumont; le pont qui nous a servi se nomme Solre-sur-Sambre.

A l'affaire du 5 prairial, près Grand-Reng, le citoyen Mercier, fusilier de la compagnie d'Horiot (3e bataillon), natif de Provenchères, district de Joinville (Haute-Marne), combattit un hussard autrichien. Deux coups de sabre, sur la tête, et sur le poignet gauche le terrassèrent. « Rends toi, coquin! dit le hussard.

—Un lâche le ferait, dit Mercier. Mais moi, non!

Il se relève, prend son fusil de la main droite, met le canon sur la saignée du bras gauche, pose le doigt sur la détente et tue le hussard. Mais les blessures de ce vrai républicain étaient très dangereuses. Il est mort un mois après.

J'ai vu dans cette affaire des braves républicains couverts de blessures rassembler toutes leurs forces au moment où ils allaient exhaler le dernier soupir, s'élancer pour baiser cette cocarde, gage sacré de notre liberté conquise; je les ai entendus adresser au ciel des vœux ardents pour le triomphe des armées de la république.

Cailac, un de nos capitaines, eut la jambe fracassée par un boulet, et mourut au bout de trois semaines, disant : « Ma vie n'est rien; je la donnerais mille fois pour que la république triomphe. »

Atteint au ventre d'un éclat d'obus, un grenadier du bataillon dit à ceux qui voulaient lui porter secours : « Laissez moi, mes amis, laissez moi mourir! Je suis content, j'ai servi ma patrie. » Et il expire.

7. — Dès la pointe du jour, nous nous sommes mis en marche et nous avons été baraquer au village de Hantes. Comme les vivres avaient tardé nous nous sommes mis à battre du blé,

aller au moulin et nous avons fait du pain. Je dirai
que tous les habitants de ces villages s'étaient retirés dans les bois, car les armées leur causaient
trop de maux. Il semble que le ciel veuille augmen-
ter les nôtres; la pluie est tous les jours notre
partage.

8. — Partis de Hantes pour aller camper sur les
hauteurs de l'abbaye de l'Aune.

12. — Sortis de nos positions à huit heures du
soir pour aller à l'abbaye de l'Aune, nous y sommes arrivés à minuit, le même jour. Cette abbaye était entièrement dévastée et brûlée.

14. — Nous avons passé la Sambre, qui est
tout près de là.

15. — La troupe s'est mise en marche et nous
avons attaqué dès la pointe du jour. Combat engagé par une forte canonnade. L'ennemi aban-
donne ses positions; nous nous sommes emparés
des hauteurs.

16. — Le canon s'est fait entendre de l'armée
des Ardennes, qui est sous les murs de Charleroi.

L'ennemi s'y est porté en forces, avec un renfort
de cinquante mille hommes, et soi-disant l'empereur à leur tête. Ce jour, ils ont débloqué la
ville, nous ont repoussés sur le bord de la Sambre
près de l'abbaye de l'Aune où nous restons trois
jours.

19. — Nous sommes partis pour Hantes, où

nous arrivons à onze heures du soir, bien fatigués de marche continuelles [1].

21. — Arrivés à six heures du matin à Thuin, ville d'où on avait chassé l'ennemi quelques jours avant.

22. — Partis à une heure du matin pour le camp de Baudribut.

24 — Dès la pointe du jour, nous avons passé

1. Le maréchal Soult dit ici : « Il faut aussi admirer la docilité des troupes, qu'aucun revers ne put abattre, et déplorer que, soumises à la tyrannique autorité des représentants, elles n'aient point eu à leur tête des chefs dignes de les diriger. Depuis quinze jours, les corps qui étaient sur la Sambre avaient perdu plus de quinze mille hommes et la moitié de leur matériel ; les soldats manquaient de vivres et avaient le plus grand besoin de repos. Les généraux en firent la demande à Saint-Just ; dans le conseil, Kléber fit observer qu'on allait voir arriver, avant dix jours, l'armée de la Moselle, dont nous parlerons bientôt, et qu'il n'y avait qu'à l'attendre, en s'occupant de réparer les pertes de l'armée, pour reprendre alors les opérations avec d'autant plus de vigueur. Mais l'implacable Saint-Just ne voulut rien accorder, à peine daigna-t-il répondre : *Il faut demain une victoire à la République. Choisissez entre un siège ou une bataille.* Il fallait choisir, on marcha, le 26 mai, sur Charleroi.

Malgré les succès qu'il venait de remporter, le prince de Kaunitz avait été remplacé par le prince d'Orange dans le commandement. Les troupes alliées étaient sur la Sambre, pour en défendre le passage ; elles occupaient en outre, au-dessus de Marchiennes-au-Pont, le camp retranché de la Tombe, qui couvrait Charleroi. Kléber et Marceau étaient chargés de l'attaquer, et le général Fromentin d'emporter le pont de Lernes. Ces deux attaques manquèrent par l'excessive fatigue des troupes, qui montrèrent de l'hésitation et restèrent exposées au feu le plus vif, plutôt que d'avancer. A la nuit, les ennemis évacuèrent cependant le camp, en ne laissant dans Marchiennes qu'un poste fortifié. » (Soult.)

— Ce dernier alinéa explique comment notre sergent va parler de retraite après avoir parlé d'une victoire qui était sans doute un avantage partiel sans résultat sur l'ensemble de la journée.

la Sambre et campé devant le bourg de Fontaine
l'Évêque.

28. — Levée du camp. Nous avons attaqué à
une heure du matin pour favoriser le siège de
Charleroi. L'attaque a été vive et s'est engagée
par le feu des tirailleurs. Leur cavalerie, qui ne
voyait que des tirailleurs, a chargé sur eux ; ce
brouillard l'empêchait de voir les bataillons qui
étaient embusqués derrière les haies. Lorsqu'ils
ont vu que la cavalerie était à une demi-portée
de fusil, ils ont fait un feu de file. Plusieurs tués,
quelques prisonniers ; le reste a pris la fuite.
Nous avons suivi, nous avons rencontré leur infanterie qui n'a pu résister à notre ardeur, nous
avons fait beaucoup de prisonniers, nous avons
pris deux pièces de canon avec leurs caissons
tout attelés. — Après cette conquête, nous sommes revenus à notre position près de Fontaine
l'Evêque ; étant arrivés, nous avons reçu ordre de
nous rendre au camp de Baudribut où était le
parc ; arrivés à l'entrée de la nuit, nous y sommes restés quelques jours.

30. — Nous avons levé le camp à deux
heures du matin et passé la Sambre pour la
dernière fois à quatre heures. Nous sommes
venus nous placer à la gauche de Fontaine
l'Évêque. A midi, l'ennemi s'est avancé sur deux
de nos compagnies qui étaient en avant, il
voulait les surprendre. Nos bataillons, qui ont

aperçu la manœuvre, se sont mis en bataille et
se tenaient prêts à marcher, lorsqu'un éclaireur
est venu nous dire qu'ils battaient en retraite.
Sur-le-champ on s'est mis en marche pour les
poursuivre ; leur cavalerie d'arrière-garde a
voulu nous charger, pour retarder notre marche,
mais elle a été reçue d'une manière républicaine ;
une décharge leur a fait bien vite partager la
retraite.

2 *messidor*. — Nous avons suivi l'ennemi sans
trouver de résistance ; ils nous laissent plusieurs
pièces de canons et caissons tout attelés. Notre
cavalerie fait un grand nombre de prisonniers à
l'infanterie autrichienne. La nuit suspend la victoire, mais elle en prépare une nouvelle en nous
laissant faire des contremarches à la faveur de
son obscurité pour se disposer au combat dès la
pointe du jour.

7. — L'ennemi s'est montré en force pour débloquer Charleroi, mais nous avons porté obstacle
à son dessein.

Le feu a commencé à quatre heures du matin
et a duré une partie de la journée.

Nuit passée sous les armes à la gauche du camp
de Trazegnies. — Partis de ce camp à trois heures
du matin pour aller nous réunir à l'armée de la
Moselle. En marche, on nous a fait rester dans
un chemin couvert, devant un village, pas bien
loin de Charleroi. C'est dans cet endroit que

nous avons appris la reddition de la place (du 7 messidor, à onze heures du matin) avec cinquante mille hommes[1], quatre-vingts bouches à feu et plusieurs petits magasins. Sortie le même jour, la garnison a déposé devant nous ses armes ; elle a été de suite escortée et conduite en France. Cette ville a été bombardée sans que nous fassions beaucoup de retranchements, car elle a été débloquée plusieurs fois.

8. — Nous sommes sortis de notre chemin couvert pour nous opposer au défilé des colonnes

1. Chiffre singulièrement exagéré. Soult rapporte un triste épisode du siège : « Le colonel Marescot dirigeait les opérations du génie, sous les yeux des généraux Jourdan et Hatry; on avait un équipage d'artillerie suffisant, et les représentants Saint-Just et Lebas se tenaient au pied de la tranchée pour presser les travaux. Un jour, ils visitaient l'emplacement d'une batterie que l'on venait de tracer : « A quelle heure sera-t-elle finie ? » demanda Saint-Just au capitaine chargé de la faire exécuter. — Cela dépend du nombre d'ouvriers qu'on me donnera, mais on y travaillera sans relâche, répond l'officier. — Si demain, à six heures, elle n'est pas en état de faire feu, ta tête tombera!... » Dans ce court délai, il était impossible que l'ouvrage fut terminé; on y mit cependant autant d'hommes que l'espace pouvait en contenir. Il n'était pas entièrement fini, lorsque l'heure fatale sonna, Saint-Just tint son horrible promesse : le capitaine d'artillerie fut immédiatement arrêté et envoyé à la mort, car l'échafaud marchait à la suite des féroces représentants. Si nous n'avions pas remporté la victoire, la plupart de nos chefs auraient subi le même sort. Nous apprimes plus tard que Saint-Just avait porté sur une liste de proscription plusieurs généraux de l'armée, et qu'il m'y avait compris, quoique je ne fusse encore que colonel. — Jourdan devait être sacrifié le premier; il avait remplacé Hoche dans le commandement, et il avait, comme lui, encouru la haine du représentant par la courageuse résistance qu'il opposait à ses volontés, lorsque la présomptueuse ignorance de Saint-Just prétendait diriger les opérations militaires. (SOULT.)

autrichiennes pour nous cerner. Ce jour-là ils
avaient réuni leurs forces de part et d'autre, pour
nous donner une *chasse*, et faire lever le siège
de Charlero qui était rendu ; mais il n'en étaient
pas instruits, car ils avaient si bien jeté leur plan
qu'ils cherchaient à nous prendre entre deux
feux. Il n'y avait plus à balancer ; le combat a
commencé à huit heures du matin par une forte
canonnade, de toutes parts, avec une rapidité sans
égale, comme jamais on ne l'avait entendu jusqu'alors. Notre courage semblait déjà nous annoncer la victoire, mais hélas ! dans un feu si terrible et si opiniâtre, les munitions ont manqué. Il
fallut donc battre en retraite et nous retirer plus
vite que nous n'aurions voulu, rencontrant des
obstacles, des fossés, un village dont les rues
étaient si étroites que la troupe ne savait où passer et se voyait presque au pouvoir de l'ennemi.
La colonne autrichienne s'avançait avec rapidité
pour nous prendre en flanc. Mais nous avons été
plus tôt qu'elle au sommet de la montagne, et nous
avons usé le peu de munitions qui nous restaient.
Nous avons retardé leur marche. Je dirai que,
en montant cette montagne, il tombait parmi
nous des boulets, obus et balles comme grêle,
mais cela a fait très peu d'effet, quoiqu'ils soient
bien près de nous. Nous avons perdu très peu de
monde et, grâce à la reddition de Charleroi, nous
avons battu en retraite sous ses glacis. La

retraite de notre colonne, qui était celle du centre,
a été favorable à la défaite de l'ennemi qui s'est
trop aventuré en nous poursuivant, et s'est
trouvé pris en flanc. Il ne s'est retiré qu'avec
peine et pertes [1].

Lors du siège de Charleroi, un canonnier du
régiment de Suède s'écriait en mourant :
« Cobourg, Cobourg, avec tes nombreux florins,
tu n'auras pas payé une goutte de mon sang ; je

1. Le maréchal Soult complète ainsi le récit de cette journée.
« Il était sept heures du soir. Depuis quelques moments, le combat avait cessé aux ailes ; on le laissa finir au centre sans poursuivre les ennemis. Épuisés de fatigue et de besoin, les soldats
pouvaient à peine se tenir debout, et ils manquaient aussi de
munitions. Il n'y avait aucune possibilité de continuer la poursuite, quelques avantages qu'on eût pu recueillir ; officiers et soldats, tous s'écriaient : « Un pont d'or à l'ennemi qui s'en va ! »
et l'on donna aux troupes un repos indispensable.

Le lendemain, il n'y eut point de mouvement ; il fallait se re-
mettre d'une pareille journée et ramasser les débris qui couvraient
le champ de bataille. On compta les pertes : les nôtres s'élevè-
rent à près de cinq mille hommes hors de combat, et, par le
nombre des morts, on évalua celles de l'ennemi à plus de sept
mille hommes ; de part et d'autre il n'y eut que peu de prisonniers. Parmi ceux que nous fîmes, il se trouva des Français,
faisant partie du régiment Royal-Allemand et de celui de Ber-
ching-hussard, auxquels la loi rendue contre les émigrés pris les
armes à la main était applicable. Pas un soldat n'eut la pensée
qu'il fût possible de livrer à l'échafaud ceux que nous venions de
combattre face à face. Pendant la nuit, nous leur facilitâmes les
moyens de s'échapper, en nous bornant à leur dire qu'ils fussent
ailleurs expier l'erreur de s'être armés contre leur patrie ; plusieurs revinrent plus tard se placer dans nos rangs. On a sauvé
ainsi, dans le cours de la guerre, un grand nombre de Français
qui étaient dans le même cas, et ils ont reçu parmi nous protec-
tion et avancement ; beaucoup d'entre eux ont ainsi obtenu d'être
éliminés de la liste fatale et de rentrer dans leurs biens confis-
qués. Nous devons croire qu'ils en ont conservé de la reconnaissance. »

le verse tout aujourd'hui pour la République et pour la liberté. »

Tous ceux qui ont perdu la vie dans ce siège n'ont donné, au milieu des douleurs les plus aiguës, aucun signe de plaintes. Leurs visages étaient calmes et sereins ; leur dernière parole était : Vive la République ! C'est au lit d'honneur qu'il faut voir nos guerriers, pour apprendre la différence qui existe entre les hommes libres et les esclaves. Les valets des rois expirent en maudissant la cruelle ambition de leurs maîtres. Le défenseur de la liberté bénit le coup qui l'a frappé ; il sait que son sang ne coule que pour la liberté, la gloire et pour le soutien de sa patrie.

A la colonne de gauche et à celle de droite, qui était l'armée de la Moselle, le canon n'a cessé de ronfler toute la journée. Le combat a été sanglant comme il n'avait jamais encore paru[1]. Deux fois la colonne de droite a été repoussée, et deux fois elle a remporté la victoire ; elle leur a pris quinze pièces de canon de tout calibre. La colonne de gauche a eu le même succès. Des fois,

1. Ceci est bien confirmé par le récit du maréchal Soult : « Dans nos rangs, l'enthousiasme allait croissant avec le danger ; depuis le commencement de l'action, et pendant toute sa durée, le cri de ralliement de l'avant-garde fut toujours : « Point de retraite aujourd'hui, point de retraite ! » Aussi, tout ce qui vint se heurter contre elle fut-il brisé. Environnée de sanglants débris, son camp en flammes, la plupart de ses canons démontés, ses caissons faisant explosion à tout moment, des monceaux de ca-

qui croit vaincre est vaincu ; avec leurs grandes
forces ils cherchaient à nous bloquer, et ils ont
été pris quand même.

Nous avons perdu quelques braves républicains, mais on pourra juger de la perte de l'ennemi, toujours grande pour celui qui est obligé
de prendre la fuite. Cette journée a été une des
journées victorieuses de la République, elle por-
tera pour toujours le nom de *bataille de Fleurus.*

davres comblant les retranchements, les attaques les plus vives
sans cesse renouvelées, rien n'était capable de l'intimider, pas
même l'incendie de la campagne, qui nous environnait de toutes
parts. Les champs, couverts de blé en maturité, avaient été en-
flammés par notre feu et par celui de l'ennemi ; on ne savait où
se placer pour l'éviter ; mais nous étions bien déterminés à ne
sortir que victorieux de ce volcan. »

Le courage des chefs avait, sur plus d'un point, seul pu main-
tenir les troupes, comme le montre bien cet autre passage :
« Avant six heures du matin, les alliés avaient fait des progrès, et les divisions des Ardennes repassaient la Sambre, dans
un complet désordre, aux ponts de Tamine et Ternier, laissant
leur général garder seul, avec ses officiers et quelques ordon-
nances, la position qu'elles venaient de quitter. J'avais été envoyé par le général Lefebvre, pour m'assurer de l'état de notre
droite, et pourvoir aux dispositions que les circonstances exige-
raient. Je joignis Marceau entre les bois de Lépinoy et le hameau de Boulet, au moment où les ennemis allaient l'entourer.
Il les défiait, et dans son désespoir, il voulait se faire tuer, pour
effacer la honte de ses troupes. Je l'arrêtai : « Tu veux mourir,
lui dis-je, et tes soldats se déshonorent ; vas les chercher et re-
viens vaincre avec eux ! En attendant, nous garderons ta position à droite de Lambusart. — Oui, je t'entends, s'écrie Marceau, c'est le chemin de l'honneur ! J'y cours ; avant peu je serai
à vos côtés. Deux heures après, il avait ramené les plus braves,
et il prenait part à nos succès. » — Ces extraits donnent une
idée de la phraséologie du temps ; on employait volontiers les
grands mots dont on se moque aujourd'hui, mais les actes aussi
étaient grands, ce que les moqueurs ne doivent pas non plus
oublier.

Dans ce jour mémorable du 8 messidor, une
infortunée délaissée de son mari qui avait émigré et n'ayant pas de quoi subsister était, sous
des habits d'homme, avec son frère, à son rang
de compagnie. La compagnie étant dispersée
en tirailleurs, les tirailleurs ennemis, qui avaient
eu un moment un peu d'avantage, sont venus
charger les nôtres, dans la mêlée ; elle s'est
trouvée avec peu de monde environnée d'un
grand nombre d'Autrichiens. Elle s'en est tirée
en brûlant la cervelle de celui qui la tenait, ne
cessant de dire que jamais elle ne se rendrait,
que sa vie était sacrifiée à sa patrie. Ces tyrans
lui promettaient d'avoir égard à son sexe et de
ne la prendre que comme prisonnière. Cette
femme était, avec son frère, dans le 22e régiment de cavalerie, qui a réparé ce jour là la
faute qu'il avait faite près de Grand-Reng.

Avant la prise de Charleroi, pendant que nous
étions à bivouaquer sur les hauteurs de Fon-
taine-l'Évêque, l'ennemi ne se croyant pas en
force se contenta de nous envoyer des boulets et
des obus. Nous perdîmes plusieurs hommes, entre
autres un tambour du bataillon. Un éclat d'obus
traversa son sac de peau et son côté ; il resta
mort sur la place ; deux autres soldats furent
blessés du même coup. Un hussard Chamborant
passant dans la place, prit la caisse du tambour
et s'est mis derrière un chêne, battant la charge

avec le manche de son couteau, ce qui a mis l'ennemi en fuite.

9. — Nous sommes venus prendre les positions que nous avions auparavant.

12. — Nous avons marché toute la journée pour aller bivouaquer devant la ville de Binche. Arrivés à onze heures du soir, nous avons passé le reste de la nuit sous les armes. L'attaque a commencé par une forte canonnade.

15. — Nous sommes partis pour attaquer l'ennemi en retraite vers Mons. A huit heures du matin, les tirailleurs se sont avancés au pas de charge avec deux pièces, ils ont poursuivi les Autrichiens si vivement qu'ils n'ont pas eu le temps d'entrer dans la ville de Mons. Notre cavalerie s'est emparée des passages dans les environs de la ville et aussitôt des bataillons y sont entrés, baïonnette en avant. Dans cette journée on a fait environ deux cents prisonniers.

— Les autres colonnes ont encore poursuivi pendant deux heures. La nuit a tendu ses voiles[1] ; il a fallu arrêter notre marche. Nous avons passé la nuit sous les murs de Mons.

16 — La ville rendue, nous avons été prendre position devant le village nommé Beausoir

17. — Partis de cette position dès la pointe

---

1. Cette image poétique aurait lieu de surprendre si on ne se reportait aux chansons populaires d'autrefois où la mythologie jouait toujours un grand rôle.

du jour, croyant trouver les Autrichiens, mais nous avons fait cinq lieues sans rencontrer personne.

Campé devant Braine-le-Comte, situé sur la route de Mons à Bruxelles. Nous sommes entrés dans la ville avec les plus vifs applaudissements de tous les bourgeois qui faisaient entendre les cris : « *Vivent les soldats républicains français !* »

21. — Nous avons levé le camp pour continuer notre route. Nous sommes entrés dans la ville de Hal avec les mêmes applaudissements ; nous avons campé en avant de la ville jusqu'au 23. Nous sommes partis dès la pointe du jour, croyant trouver ceux qui nous menaçaient quelques jours auparavant. Notre avant-garde suffisait pour les faire disparaître.

23. — Nous sommes entrés dans la ville de Bruxelles, de même avec les plus vifs applaudissements de tous les bourgeois : « Vive les soldats républicains ! » Comme nous étions à la tête de la colonne, nous sommes restés à la place, sous les armes, pendant que la colonne a défilé. Cela a duré toute la nuit.

24. — Le reste de la colonne a passé. De suite, on a fait entrer les troupes dans les casernes, mais la moitié restait toujours sous les armes. Notre bataillon était au quartier du Vieux Marché; et les deux autres bataillons étaient dans de grosses maisons bourgeoises. Il y avait avec nous le ré-

giment de Suède et le bataillon du Haut-Rhin.
Nous étions sans aucune fourniture[1].

30. — Nous sommes partis à une heure du matin. Nous avons été camper devant Louvain.
J'étais parti trois jours auparavant avec un
piquet de vingt-cinq hommes pour escorter des
bateaux que nous avons été chercher à Ville-
bruck, sur le canal qui vient à Bruxelles. Nous
avons été bien reçus dans cet endroit qui est à
cinq lieues. Nous sommes arrivés le 30 avec ces
bateaux chargés de foin et d'avoine pour les
magasins de Bruxelles, et j'ai rejoint, avec mon
piquet, la demi-brigade qui était campée devant
la ville de Louvain.

1er *thermidor*. — Partis dès la pointe du jour,
nous sommes venus nous placer devant la ville
de Tirlemont, où nous avons trouvé notre ennemi, nous l'avons attaqué sans plus de cérémonie
et nous l'avons poursuivi à deux lieues. Nous
sommes revenus à notre position.

7. — Partis au jour, nous sommes allés nous
placer devant la ville de Saint-Tron.

9 — Nous avons fait un mouvement, nous
avons été camper dans une grande plaine assez
près de Tirlemont, où nous entendons ronfler le
canon de notre avant-garde, qui ne laisse pas à
l'armée autrichienne le temps de se rallier.

---

1. Fournitures de casernement.

16. — Partis de ce camp, nous sommes venus au camp de Berlingen.

29. — Nous avons fait un mouvement d'un quart de lieue à l'entrée de la nuit. Nous avons traversé un village qui séparait notre camp du camp de Looz.

Toutes ces plaines où nous étions campés étaient retranchées du coté de l'ennemi par de fortes redoutes.

1er *fructidor*. — C'est dans ce camp que nous avons été amalgamés avec le régiment de Beauce et un bataillon du Haut-Rhin [1]. Les officiers et sous-officiers se sont assemblés ; on a fait la fête pendant deux jours, on a bu le vin d'alliance, on s'est juré de même que la fraternité règnerait entre nous jusqu'à la mort; et comme on servait la même patrie, on s'est promis de vivre toujours en paix comme des frères et de vrais soutiens de la République française. Le numéro que cette demi-brigade a eu dans ce moment était 127 ; elle a été commandée en premier lieu par le général

---

1. « On avançait l'embrigadement. Cette opération importante se faisait avec la plus grande rigidité ; les généraux devaient choisir, sous leur responsabilité, parmi les chefs de bataillon, les plus capables pour les désigner comme chefs de brigade. Les instructions des représentants du peuple portaient : « Les grades ne sont pas la propriété des individus ; ils appartiennent à la République, qui a droit de n'en disposer qu'en faveur de ceux qui sont en état de lui rendre des services. » Trois fois plus forts qu'avant leur réunion, les nouveaux corps présentaient plus de régularité dans leur ensemble et plus de confiance en eux-mêmes.

de brigade Richard et le général de division Poncet.

Dans ce camp, nous avons appris la reddition de Valenciennes. On a trouvé dans cette place 227 bouches à feu et quantité de poudre et autres magasins bien approvisionnés, plus qu'on n'en avait trouvé lorsqu'ils avaient été livrés.

14 fructidor. — Nous sommes partis à deux heures du matin; nous avons été camper dans la plaine de Maestricht, et nous en étions encore à trois lieues en seconde ligne. La paille a été délivrée à toute la colonne.

On nous a annoncé la reprise de Condé; on a trouvé dans cette place 1,600 prisonniers, 130 bouches à feu, des munitions de bouche pour six mois, 6,000 paquets de cartouches, un très grand magasin de poudre à canon, 6,000 bombes, 6,000 boulets, et cette place en bon état de défense.

Le même jour, a passé dans notre camp un colonel anglais avec toute son escorte et trente chevaux, qui avaient été pris aux environs de Maestricht par notre avant-garde.

C'est dans ce même camp que nous avons fait la réjouissance de la reddition de toutes nos villes que les Impériaux nous avaient ravies : le Quesnoi, Landrecies, Valenciennes, Condé.

Voici la manière dont la réjouissance s'est faite dans l'armée de Sambre et Meuse. La fête a été annoncée à six heures du matin par trois coups de canon des pièces de position qui se sont trouvées dans chaque division. A sept heures et demie, les mêmes pièces ont répété la même chose. La musique de chaque demi-brigade était placée sur le front de bandière, où elle jouait différents airs patriotiques pendant toute la cérémonie. A huit heures et demie un feu de bataillon a été exécuté dans chaque division en commençant à la droite d'icelle. Ce feu fini, le général de brigade a passé devant chaque bataillon en criant : *Vive la République!* Nous nous sommes unis à sa voix. La distribution de l'eau-de-vie a été donnée à toute la troupe. L'ordre a été donné que chacun rentre dans ses baraques. Ce n'était pas sans en avoir besoin, car depuis minuit nous étions sous les armes.

1er *vendémiaire, an* III. — Nous sommes partis du camp, dont c'était la première fête *sans culottine*, pour nous rapprocher de Maëstricht, et nous joindre à notre avant-garde qui était sous ses murs et s'était vaillamment battue.

La ville de Maëstricht a été bloquée et cernée entièrement. Nous y sommes restés quelques jours, et de là nous nous sommes mis en marche. Nous avons passé la Meuse, au-dessus de Maëstricht sur des pontons, pour rejoindre notre avant-garde, et aller à la poursuite des Autri-

3.

chiens. Il est resté une partie de notre armée pour contenir la garnison de Maëstricht en attendant que nous ayions repoussé l'armée autrichienne au delà du Rhin. Nous avons marché plusieurs jours sans rencontrer aucun vestige de l'armée autrichienne.

Arrivés à une forte rivière nommée la Roër, c'est là qu'ils espéraient remporter la victoire et nous empêcher de passer. Ils étaient bien retranchés dans les endroits où on aurait pu passer. Malgré plusieurs obstacles qui se trouvaient devant cette rivière, nous n'avons pas hésité un seul moment pour attaquer.

La bataille a été sanglante aux deux partis, et a duré depuis le matin jusqu'au soir; à la nuit, on a fait abandonner la rivière à l'ennemi. Nous avons eu dans ce jour plusieurs centaines d'hommes de blessés. Nos pièces de position, au nombre de quarante, étaient aux environs de la rivière et n'ont décessé de jouer; la fusillade a fait de même. L'ennemi a répondu au feu d'enfer que faisaient les républicains. Le soir, lorsque le feu a cessé, nous nous sommes retirés un peu en arrière, dans la plaine qui touche la rivière, pour passer la nuit.

Nous les avons vus qui faisaient de grands feux, car ils brûlaient leurs baraques; nous avons jugé par-là qu'ils allaient prendre la fuite. C'était réel: vers minuit, ils se sont mis en marche.

On a travaillé toute la nuit à faire des ponts avec des voitures, des chariots attachés avec des gros arbres, qui étaient sur le bord de la rivière ; on a mis des planches sur ces constructions et le matin, à la pointe du jour, nous avons passé au milieu de leurs retranchements, qui étaient remplis de cuisses, bras et corps entiers qu'ils avaient laissés sans les enterrer. Plusieurs pauvres blessés criaient miséricorde ; on les a portés de suite à l'ambulance avec les nôtres.

Notre colonne de droite avait passé la rivière avant nous. Nous avons été plusieurs jours pour arriver au Rhin, mais aucun Autrichien ne s'est trouvé devant nous. Le soir du passage de la rivière, le général de brigade Richard nous a annoncé la prise de Juliers avec vingt-quatre pièces de 27 en bronze. Depuis cette époque, nous n'avons plus vu d'Autrichiens que sur l'autre rive du Rhin, près de Düsseldorf. Notre dernier camp a été dans la plaine près de la ville de Neus. Voilà la manière dont nous avons fait la conduite à l'armée autrichienne avec les honneurs de la guerre, à grands coups de canon.

Notre voyage ne nous a pas été bien favorable : une pluie continuelle et froide, un vent qui

---

1. Ému par l'audace avec laquelle nos fantassins s'étaient jetés à l'eau pour forcer le passage de la Roër, malgré le courant de l'eau, l'encaissement de la rivière et les retranchements de la rive opposée, l'ennemi battit en retraite sur Cologne

nous glaçait les sens, et point d'autre couverture que le ciel.

Notre ennemi est de l'autre côté du Rhin, tranquille, et nous, nous allons retourner sur nos pas pour aller faire le siège de Maëstricht[1].

Arrivés devant cette ville, on s'est tout de suite occupé à faire les travaux ; on a fait des redoutes pour soutenir et répondre aux sorties qu'ils pourraient faire pendant qu'on ouvrirait les boyaux ; on travaillait à ces ouvrages nuit et jour.

Malgré leur mitraille, nous avons ouvert les boyaux à une portée de pistolet de leur bastion. Nous y avons été, pour notre tour, cinq fois pour les ouvrir. On n'a pas perdu tant de monde que l'on croyait pour faire le siège d'une ville si forte. Notre commandant de bataillon a été blessé d'un éclat de grenade, et plusieurs officiers et soldats.

Tous les jours, les ouvrages se multipliaient, et nous rendions par ce moyen l'asile des assiégés plus étroit. Les jardiniers de la ville avaient planté beaucoup de légumes d'hiver dans leurs jardins ; mais c'est nous qui en avons fait la récolte. Tous les matins, ils se trouvaient enfermés plus étroitement; s'il n'y avait pas eu des fossés, nous aurions été les prendre dans leurs palissades.

1. Cette victoire de la Roër, qui fit honneur au général Jourdan et à ses troupes, assura en effet l'évacuation complète de la Belgique.

Les ouvrages allaient être achevés ; on a commencé à bombarder la ville le 12 brumaire ; cela a duré trois jours. Le 14, la ville de Maëstricht s'est rendue, à deux heures du matin. Un des officiers supérieurs de la ville est venu sur les bastions et a demandé le général qui commandait en chef le siège, pour capituler [1]. Pendant qu'on est allé le chercher, les canonnières et les bombardières redoublaient le feu jusqu'au moment où ils ont reçu l'ordre du général de le cesser. Au moment où il a demandé à capituler, le feu était dans un magasin d'huile, de lard, de farine, etc. A la pointe du jour, on voyait tous les bourgeois sur les remparts et plusieurs nous apportaient des bouteilles d'eau-de-vie.

Nous avons tenu Maestricht bloquée pendant quarante-quatre jours. Pendant ce blocus, les assiégés nous ont envoyé quarante-cinq mille boulets, trente-quatre mille tant bombes qu'obus, quatorze mille grenades. Ils nous envoyaient toutes ces pommes dans nos travaux, sans que cela fasse beaucoup d'effet.

Le feu cessé, on a été trois jours pour arranger la capitulation. La garnison est sortie de la ville le 17 brumaire ; entre dix et onze heures du matin, les troupes impériales sont sorties

---

1. Mais il n'y eut que onze jours de tranchée ouverte. La garnison se comporta vaillamment. On trouva dans la place 350 bouches à feu et un matériel considérable.

par la porte d'Allemagne, et ont passé la
Meuse au milieu des assiégeants, qui formaient
la haie de chaque côté de la route où ils devaient
passer. Ils sont sortis avec les honneurs de la
guerre : tambour battant, mèche allumée et
enseigne déployée. Lorsqu'ils ont été presqu'à
la fin de la colonne, ils ont déposé leurs armes
devant nous ; la cavalerie et l'infanterie ont
emporté leurs sabres. Il y avait de la troupe
toute prête pour les conduire au delà du
camp.

La troupe hollandaise est sortie le même jour,
mais un peu plus tard, car il fallait le temps à la
colonne française de venir se placer en haie sur
la route par laquelle ils devaient passer, qui était
d'une extrémité de la ville à l'autre. Ils sont sortis de même avec les honneurs de la guerre
comme la troupe autrichienne. Ils ont été recon-
duits dans leur pays par nos chasseurs à cheval,
ils ont conservé leurs sabres comme la troupe
impériale. Les officiers composant la garnison
de Maestricht ont emmené leurs chevaux et tout
leur bagage.

La ville de Maëstricht est très forte ; elle a un
fort qui la commande et qui la défend. La Meuse
flotte contre ses murs, et donne de l'eau dans ses
fossés ; elle a aussi des forts qui sont construits
dans le milieu de la Meuse, qui défend son approche du côté de l'Allemagne. Il y a dans les envi-

rons de grandes plaines très fertiles en blés, orge, avoine, pommes de terre, etc.; elle est frontière de la Hollande.

C'était le général Kléber qui commandait le siège en chef; nous étions du côté gauche de la ville, sous les ordres du général Duhesme.

18 *brumaire*. — Nous sommes partis des alentours de Maëstricht pour aller sur les bords du Rhin.

20. — Nous avons passé dans la ville de Juliers, jolie petite ville très fortifiée; les maisons d'une assez belle construction, les rues très larges. Il y a aussi de très belles plaines très fertiles en blés et en toute sorte de grains; on y boit aussi de bonne bière, on y récolte aussi de très bons fruits. Cette ville est la capitale du duché de son nom.

22. — Nous sommes arrivés à Cologne; nous y avons campé en arrivant.

29. — Nous sommes sortis de ce camp pour aller cantonner sur le bord du Rhin au village nommé Langel. Nos postes étaient placés sur le bord du Rhin; nous étions une compagnie par ferme, très serrés à cause de la grande quantité de troupes qui étaient dans les environs. J'ai été voir la ville de Cologne; elle est très grande, bien peuplée, les rues larges; il y a une quantité de clochers. J'ai remarqué que sur une tour très haute, il y avait une grue peinte en vert. Le

Rhin flotte contre les murs, et fait une partie de leur commerce. La ville n'est point fortifiée, elle est entourée d'un simple mur très haut. C'était là que l'électeur faisait sa résidence.

12 *frimaire*. — Sortis de Hangel pour passer à la droite de la Logne. Suivant les bords du Rhin à une demi-lieue de la Logne, nous cantonnons au village nommée Nille ?

Nous avons reçu des ordres pour nous rendre a Bonn, soi-disant pour passer le reste de l'hiver; nous sommes partis le 15 ; lorsque nous avons été près des murs de ladite ville, nous avons reçu des ordres pour aller cantonner dans les villages à une lieue et demie à la droite de Bonn. Nous sommes arrivés dans ces cantonnements le 17, dans un village nommé Melheim, situé sur le Rhin. Notre état-major est resté dans ce village; notre compagnie a été détachée à une demi-lieue en arrière à un village nommée Lanesdorf, situé auprès de grosses montagnes ; nous montions tout de même la garde sur le Rhin.

Quel froid nous avons enduré étant de garde dans ces endroits !

Des sentinelles sont mortes en faction ; cependant on les relevait toutes les demi-heures. Le Rhin était tout en glace ; pendant vingt-quatre heures, on était obligé de jeûner, car nos vivres étaient gelés, durs comme de la pierre. Je ne veux pas peindre les maux que nous

avons soufferts dans ces différentes occasions ;
ils seraient faits pour attendrir un cœur de
roche. Que l'on se souvienne de la rigueur des
froids des différents hivers, de la rareté des vivres
et du vêtement ; cela suffira pour dire que nous
avons été malheureux.

17 *nivôse*. — Sortis de ce cantonnement pour
aller au village nommé Kessing, à une demi-
lieue de Bonn. Étant dans ce village, je suis allé
voir la ville de Bonn ; je dirai qu'elle est très
belle : des rues larges et bien propres, des maisons d'une belle construction, très éclairées, de
belles places bien grandes, un superbe château
à l'entrée de la ville, situé au midi et appartenant à l'électeur. Le Rhin flotte contre ses murs ;
elle n'est fermée que par des petits remparts,
très bien construits. Dans les environs de la ville,
il y a de belles avenues de maronniers et de
tilleuils, environnées de belles plaines.

Étant au village de Keising, nous avons fait
l'anniversaire de la mort de Capet. Cela a eu lieu
le 2 pluviôse, à dix heures du matin. Le bataillon étant ressemblé, on a fait trois décharges et
les pièces d'artillerie en ont fait de même. Cela
s'est fait dans l'armée de Sambre-et-Meuse,
dans nos cantonnements sur le bord du Rhin.

Nous sommes partis de Keising le 5 pluviôse
1795 (vieux style). Journée odieuse et fatigante
pour aller à Aix-la-Chapelle. Au moment où

nous nous sommes mis en route, il tombait
de la pluie; il y avait longtemps qu'il faisait de
fortes gelées ; ce jour-là il paraissait faire un
dégel universel. Jamais Français et autres n'ont
vu une pareille journée, elle a duré vingt-quatre
heures. Toute la troupe était fatiguée. On en-
fonçait dans la terre jusqu'aux genoux, on faisait trois ou quatre pas, et il fallait s'arrêter
pour reprendre haleine ; aussi plusieurs soldats
y ont perdu la vie, et même les chevaux, avec
rien sur leur dos, avaient bien de la peine à s'en
tirer. Ce n'était pas cependant dans des marais,
c'était dans des champs de gravier ; on aurait
préféré marcher dans l'eau jusqu'aux reins, plutôt que dans de pareils chemins ; mais il n'y avait
pas de choix ; il fallait que la route se fasse.

Nous avons été dans cette triste situation depuis le matin jusqu'au soir à la nuit. Étant
arrivés à une petite ville nommée Bruhl, toute
la demi-brigade n'y a pu loger. Il était nuit ; il
nous a fallu aller loger à une demi-lieue de Bruhl,
dans un village. Pour faire cette demi-lieue, nous
avons été deux heures ; en arrivant, les billets de
logement nous ont été distribués, mais on a eu
bien de la peine à les trouver, par rapport à la
nuit.

Le lendemain, la route était plus favorable, la
gelée avait remplacé le dégel, la nuit avait
raffermi la route, et le matin il tombait de la

neige qui a duré jusqu'à midi. Nous sommes partis de nos logements à sept heures du matin vers
Aix-la-Chapelle. Nous avons logé en y allant à
Norwenig, à Duren, à Eschviller. A Aix-la-Chapelle, nous avons logé chez le bourgeois. Nous y
sommes restés un mois pendant lequel les officiers et sous-officiers ont été plusieurs fois chez
le général de division Poncet pour apprendre la
théorie.

L'armée de Sambre et Meuse passait alors pour
être si peu disciplinée, parmi les Français, que
l'on croyait que les généraux n'osaient livrer
aucun combat faute de discipline et de subordi-
nation. Le tout venait de la part des ennemis de
la liberté, qui cherchaient à mettre le désordre
parmi nos troupes, en faisant naître l'idée que le
droit de la guerre était de piller tout pays conquis.

Mais le Français a su se comporter plus
vaillamment, car c'est la discipline qui a fait
tous nos succès, et qui a excité l'admiration de
toute l'Europe. Voilà pourquoi les ennemis de la
République voulaient nous entraîner au pillage;
les perfides savaient bien qu'une armée sans discipline est une armée vaincue; ils savaient par
eux-mêmes que des brigands ne sont jamais
qu'une troupe de lâches. Nous avons démenti
cette calomnie par notre conduite; l'amour de
l'ordre et de la discipline, le respect pour les per-

sonnes et les propriétés, distingueront toujours l'armée de Sambre et Meuse.

Voici un discours du représentant du peuple Gillet aux habitants d'Aix-la-Chapelle, qui prouve la générosité des Français :

« Habitants d'Aix-la-Chapelle,

» Des actes de cruauté ont été commis dans votre ville envers des soldats français lors de la retraite de l'armée au mois de mars 1793; des soldats malades et blessés ont été jetés par les fenêtres dans la rue; d'autres ont été fusillés par des bourgeois qui se tenaient cachés dans leurs maisons. Nous n'userons point des droits que pourraient nous donner de justes représailles.

« Si les ennemis de la France se sont couverts de tous les crimes, le Français s'honorera toujours d'être généreux. Mais le sang de nos frères cruellement massacrés demande vengeance. Sans doute ces actes de barbarie ont été désavoués par la majorité des citoyens, et ne peuvent être l'ouvrage que d'un petit nombre. Nous demandons que les coupables nous soient livrés dans les vingt-quatre heures; vous nous devez cette justice, vous la devez à vous-mêmes sous peine d'être réputés complices des plus atroces forfaits.

Signé : « GILLET. »

Le 10 ventôse, nous avons célébré la fête de la prise de la Hollande [1], et, ce même jour-là, les nobles et ceux qui avaient des titres de noblesse les ont brûlés en notre présence, sous les armes.

Je dirai qu'Aix-la-Chapelle est très grand et bien peuplé ; il y a beaucoup de manufactures en tout genre ; on y trouve de bonne eau vulnéraire pour boire et prendre des bains ; il y a de belles maisons très élevées, de belles rues larges et de belles grandes places. Elle n'est fermée que de plusieurs simples murs ; c'est une ville très ancienne.

Nous sommes partis d'Aix-la-Chapelle le 11 ventôse pour aller cantonner aux environs d'Aix-la-Chapelle, au bourg nommé Eschviller ; notre compagnie a été détachée à un village nommé Nolberg.

Je dirai que dans les campagnes de ces pays, ils sont assez à leur aise. Ils vivent bien avec de la choucroute, du bon lard ; leur soupe est faite avec de l'orge mondé, de la viande de bœuf salé ; ils mangent beaucoup de carottes, de navets ; prennent le matin beaucoup de café avec du beurre frais et des confitures ; leur boisson est de la bonne bière et du *chenik*. Leurs maisons sont

1. Le 29 février 1795, la Hollande était en effet conquise et, le 16 mai suivant, elle signait avec la France un traité d'alliance qu'elle observa fidèlement jusqu'au jour où Napoléon voulut imposer un roi à la nation que la République avait respectée.

très propres, lavées tous les samedis ; leur batterie de cuisine est en fer noir et jaune, très bien éclaircie, et même leur crémaillère ; pincettes et pelle à feu, tout est dans la plus grande propreté. Le sexe des deux sortes y est très affable ; les hommes, leur costume n'est pas différent du nôtre ; mais les femmes ont un déshabillé assez long ; pour coiffure, des petits bonnets de velours ou autre couleur, bordés sur le devant avec une dentelle en or ; leurs cheveux en plusieurs tresses qu'elles roulent derrière leur bonnet comme un escargot et tenus avec une grande épingle en argent, large comme les deux doigts. Leur parler est l'allemand. Tout ce pays est très fertile pour toutes choses.

Nous sommes partis de Nolberg le 25 ventôse pour revenir sur les bords du Rhin ; nous avons logé en y allant à Duren, à Norwenigbourg, à Bruhl-ville. De là, nous avons été prendre nos cantonnements sur le bord du Rhin, au village nommé Nieder-Weslingen. C'était le 27 ; dans cet endroit on nous a diminué les vivres ; nous avions par jour une livre de pain et une once de riz ; avec ces vivres nous étions une partie de la nuit sur pied et montions la garde d'un jour à l'autre. Voilà comme les soutiens de la patrie avaient toutes leurs aises.

7 germinal. — Sortis de Nieder-Weslingen. Ce jour-là, nous avons appris le traité avec le roi

de Prusse [1]. Notre marche était dirigée sur Coblentz. Nous avons logé, en y allant, à Bonn, à
Breisig, à Kretz. Là nous sommes restés huit
jours.

16. — Arrivés à Coblentz où nous n'avons pas
logé; notre logement a été à gauche de la ville,
au village nommé Kesselheim, situé sur le bord
du Rhin.

17. — Entrés dans la ville de Coblentz à huit
heures du matin. Nous avons été logés dans
des maisons d'émigrés toutes dévastées, et à
peine avions nous de la paille pour reposer nos
pauvres membres tout navrés de fatigue, avec
notre livre de pain et notre once de riz [2]. Bien des
fois, on ne pouvait pas avoir du pain et très peu
de viande bien maigre; nous ne pouvions trouver aucune chose pour notre papier, car personne
ne s'en souciait, et pour un pain de trois livres,
il fallait donner vingt-cinq francs en papier [3].

La ville de Coblentz est grande et très peuplée; il y a beaucoup de rues très larges, mais

1. Ce traité ne fut signé que le 5 avril 1795 à Bâle. La Prusse
nous abandonnait alors toutes ses possessions de la rive gauche
du Rhin.

2. Le maréchal Soult servait alors comme colonel dans la division de notre sergent. Il dit aussi : « Nous souffrimes beaucoup
par le manque de subsistances, au point qu'on fut obligé de réduire la ration d'un tiers. » (*Mémoires*, t. I, p. 209.)

3. Dépréciation inévitable par suite du cours forcé qui fit tirer
de 1790 à 1796, pour *quarante-cinq milliards* d'assignats. On sait
que les vingt-quatre milliards encore en circulation lors de la li-
quidation définitive furent échangés contre *huit cent millions* do
biens nationaux.

aussi il y en a où les voitures ne peuvent pas passer; il y a de belles places et principalement la place d'Armes, entourée de bornes de pierre avec de grosses chaînes de fer.

Deux rangs de tilleuls forment un berceau couvert tout autour de la place; elle est environnée de belles grosses maisons très hautes et d'une belle construction. Et même dans une partie de la ville, en sortant de la place d'Armes, on voit un boulingrin et une superbe maison toute neuve, que l'Électeur de cette ville a fait bâtir; elle nous servait d'hôpital du temps que nous étions dans ces contrées. Cette maison est sur le bord du Rhin, environnée de grands jardins nouvellement plantés. Il y a aussi de magnifiques promenades. Cette ville est du côté du nord, bornée par la Moselle qui tombe de là dans le Rhin, vis-à-vis du fort, et, au levant, le Rhin flotte contre ses murs. Cette ville avait de forts bastions et de gros cavaliers qui défendaient son approche, entre le Rhin et la Moselle; ces fortifications ont été démolies dans le temps que nous étions là, de sorte qu'elle n'est maintenant fermée que d'un simple mur, du côté du Rhin. Il y a un fort très haut qui peut brûler la ville; c'est un morceau qui ne peut être pris que par la famine. Les Français y sont entrés lorsqu'ils ont poussé l'armée autrichienne au delà du Rhin.

Nous avons construit des forts et des retran-

chements bien palissadés à une demi-lieue de la
ville entre la Moselle et le Rhin, dans la plaine.

Le costume des deux sexes est le même que
celui d'Aix-la-Chapelle.

5 *floréal*. — Partis de Coblentz à deux heures du matin pour nous rendre à Rhense, ville
située sur le Rhin, sur le versant d'une petite
colline. — Quelques jours avant de sortir de
Coblentz, on nous a annoncé la paix avec le roi
de Prusse, ce qui a donné bien du contentement
à toute la troupe de voir que leur ouvrage commençait à produire[1].

10 — Partis de Rhense pour revenir à Capellen,
sur le bord du Rhin, au pied de grosses montagnes.

18. — Partis de Capellen pour revenir camper
sur une hauteur près de la ville de Coblentz, à
droite du camp nommé le camp de la Char-
treuse; il portait le nom du couvent qui était
sur le bout de la montagne, près de la ville.
Ce couvent était tout dévasté et servait à mettre
les chevaux de l'artillerie. C'est dans ce camp que
nous avons encore fait pénitence. La misère
augmentait tous les jours pour les défenseurs de
la patrie; nous avons été réduits à douze onces
de pain par jour, et bien des fois on ne pouvait
pas en avoir. Il fallait cependant faire son

---

1. Voir la note du 7 germinal, page 59.

4

service, bivouaquer et monter la garde très souvent. Mais le printemps nous produisait des plantes pour un peu nous soutenir, qui étaient des feuilles de pois sortant à peine de terre, des coquelicots ou *feu-d'enfer*, du sarrasin, des pissenlits. Avec tous ces herbages, nous en faisions une farce que nous mangions en guise de pain ; et lorsque le seigle est venu en grains, on allait lui couper la tête et on le faisait griller sur le feu. Les pommes à peine défleuries nous servaient aussi de nourriture.

C'était vraiment une grande misère , on voyait plusieurs soldats cachés derrière des haies, attendant que le laboureur qui plantait des pommes de terre fendues en quatre pour en récolter pour l'hiver prochain, fût parti de son champ. Aussitôt les soldats affamés parcouraient le champ, cherchant dans la terre les petits morceaux de pommes de terre, et revenaient au camp avec leur petite proie, et les faisaient cuire [1].

Huit ou dix jours après on reparcourait les champs, les morceaux de pommes de terre qui avaient échappé à la première recherche commençaient à sortir de terre ; on les enlevait avec beaucoup de contentement de se voir quelques petits morceaux de pommes de terre pour se sauver la vie.

1 Dans ses *Mémoires* (tome I, page 287), le maréchal Soult accuse Pichegru « d'avoir laissé ses troupes à l'abandon, négligées

Le matin on battait la breloque pour le pain, la viande, mais on revenait souvent sans viande[1]. Le soir, à l'entrée de la nuit, pas tous les jours, on revenait avec un pain pour quatre hommes. Tout le monde sortait de ses baraques et la gaîté renaissait pour un moment dans le camp; dans la journée tout le monde était comme mort, sur sa pauvre paille, prenant la misère en patience et s'amusant à détruire sa vermine.

Après une misère pareille et des maux si longs et si pénibles, quelques-uns diront : « les soldats

et en proie à toutes sortes de privations pour mieux favoriser l'exécution du plan de trahison le plus odieux. « Il espérait ainsi désorganiser l'armée. En une autre occasion, Soult parle aussi des pommes de terre et en termes fort curieux :

« L'armée n'avait d'autre ressource pour vivre, que les pommes de terre que l'on trouvait dans les champs. A chaque halte, à peine les faisceaux étaient-ils formés, que les soldats se disper-saient dans les environs pour aller déterrer les pommes de terre. Un champ était bientôt récolté, et le repas était bientôt préparé au feu du bivouac. Le silence durait tant que durait cette importante occupation ; mais elle ne durait pas longtemps et les provisions étaient épuisées avant que la faim fut apaisée. L'inépuisable gaieté du soldat français revenait alors. Ne doutant de rien, parlant de tout, lançant des saillies originales et souvent même instructives, tel est le soldat français. Un soir, on parlait politique et des nouvelles de Paris ; le propos était tombé sur les grands hommes qu'on avait fait entrer au Panthéon ou qu'on en avait successivement fait sortir, suivant l'esprit du jour et l'influence du parti régnant. « Qui va-t-on y mettre aujourd'hui ? de-« manda quelqu'un. — Parbleu, répondit son voisin, une pomme « de terre ! » — Et tout le monde d'applaudir à cette saillie, qui avait plus de portée que l'intention de son auteur n'avait proba-blement voulu lui donner. » (SOULT.)

1. Le tambour battait comme d'habitude la distribution à l'heure dite, mais cette distribution se réduisait souvent à rien ou à peu de chose.

ne sont que des voleurs. Voyez comme ils allaient dévaster les travaux des pauvres laboureurs! » Nous sentions bien la perte que nous causions, mais lequel pouvait-on préférer dans un pareil cas, de mourir? Non, mais je crois, de vivre et d'être utile !

Dans le courant de prairial, an III de la République française, les officiers, sous-officiers et soldats de la 127e demi-brigade de l'armée de Sambre-et-Meuse ont écrit à la Convention nationale, s'exprimant en ces termes :

« Que venons-nous d'apprendre? Quoi! les factieux s'agitent encore autour de la Représentation nationale; le reste impur des complices de la Terreur ose de nouveau provoquer au pillage, à l'assassinat, au mépris de l'humanité, à la violation des droits du peuple.

« Que veulent donc ces hommes téméraires? et quels sont leurs projets perfides, leurs avidités cruelles? Ils cherchent des prétextes. Mais ce n'est pas du pain qu'ils demandent, c'est du sang. Ils sont jaloux du repos du peuple, ils ont soif de son avenir heureux ; leur rage scélérate veut ensevelir la liberté publique, sous les corps enlacés des victimes, et dominer sur ces débris.

« Législateurs, conservez l'attitude imposante que vous avez prise! rappelez-vous toujours ce qu'est le peuple et que le peuple ne veut pas

être opprimé par une poignée de factieux ; songez
que les agitateurs qui osent vous menacer, ne
sont pas citoyens de Paris, et que les citoyens
de Paris ne sont eux-mêmes qu'une petite frac-
tion de la République !

« Si l'audace des uns croissait avec leur cri-
minel espoir, et si le courage des autres s'amol-
lissait par la crainte ; si les premiers oubliaient
leur premier devoir et les derniers leur ancienne
gloire ; s'il fallait enfin que des colonnes s'ébran-
lassent des armées victorieuses pour aller
défendre la Convention nationale ; parlez, législateurs ! Nous volons autour de vous, les factieux ne parviendront jusqu'à vous qu'en mar-
chant sur nos cadavres.

« Une république fondée sur les mœurs et sur
la justice est impérissable comme la nature[1]. »

---

1. Cette adresse, vigoureuse sous sa forme ampoulée, faisait allusion à la *journée du 1er prairial* (20 mai 1795) qui avait vu la po-
pulace des faubourgs de Paris envahir la Convention nationale
en tuant le député Féraud, aux cris de *du pain! la liberté des pa-
triotes! la Constitution de 1793!* Quatorze députés Jacobins payèrent de leurs têtes cette insurrection, et, trois mois après, les
clubs et sociétés populaires étaient dissous. Chaque insurrection
parisienne plaçait nos généraux dans une situation difficile,
comme va le montrer cette lettre du chef qui commandait alors
l'armée de Rhin et Moselle ; elle est conçue en termes vraiment
patriotiques :

« *Le général en chef Jourdan au général de division Hatry.*

« Andernach, le 7 prairial, an III.

« Je suis instruit, mon camarade, qu'il y a eu, le premier de cet
mois, une insurrection à Paris, et que le peuple a occupé la salle

4.

Le 22 prairial, on nous a annoncé la prise
de Luxembourg. Les 29 et 30 prairial, et le
1er messidor, nous avons vu passer la garnison
du dit Luxembourg, au nombre de douze mille,
qui ont passé le Rhin à Coblentz, après avoir
passé devant nous.

Le 9 du mois de thermidor, nous avons reçu

de la Convention jusqu'à onze heures du soir. Il parait cependant qu'à
ette heure la Convention a repris le cours de ses séances. Il
faut que l'armée agisse, dans cette circonstance, comme elle a
agi toutes les fois que de pareils événements ont eu lieu; c'est-à-
dire, qu'étant placée sur la frontière pour combattre les ennemis du dehors, elle ne s'occupe point de ce qui se passe dans
l'intérieur, et qu'elle ait toujours la confiance de croire que les
bons citoyens, qui y sont, parviendront à faire taire les royalis-
tes et les anarchistes.

« Nous avons juré de vivre libres et républicains, et nous main-
tiendrons notre serment, ou nous mourrons les armes à la main.
Nous avons juré de combattre les ennemis du dehors, tant que
la paix ne sera pas faite. Nous tiendrons pareillement notre serment; nous resterons à notre poste, et nous combattrons avec
autant de valeur qu'a la campagne dernière. Je suis persuadé
que tels sont vos sentiments et ceux des troupes que vous commandez. Mais comme il est essentiel d'empêcher que des malin-
tentionnés viennent répandre de fàcheuses nouvelles dans l'armée, comme il est essentiel de redoubler de surveillance, afin
que l'ennemi ne puisse pas profiter du malheur de nos querelles
intestines, il faut redoubler de zèle et d'activité, il faut que les
militaires de tout grade soient toujours à leur poste, que le service des avant postes se fasse avec plus de surveillance que
jamais, et que vous veilliez à ce que les convois qui passeront
dans l'arrondissement que vous commandez, soient bien escor-
tés. J'espère que l'attitude de l'armée en imposera à tous les ennemis de la République.

« Je vous communiquerai journellement les suites des événements, et vous invite à me faire part exactement des observations que vous ferez sur ce qui se passera dans les troupes que
vous commandez. — Salut et fraternité.

« JOURDAN. »

trois drapeaux tricolores où était le numéro de
la demi-brigade. Avec les républicains qui composaient ce corps, nous avons juré dans ce
moment de ne jamais abandonner ces drapeaux
qu'à la mort, comme nous avions fait jusqu'alors
des précédents.

On nous a fait dans ce même moment du feu
avec les morceaux des anciens qui avaient été
fracassés au blocus de Maubeuge et au siège
de Maëstricht ; ils ressemblent à des vieux
guerriers qui étaient devenus bien caducs en
acquérant de la gloire et en parcourant les
champs de Bellone.

10 *thermidor*. — Partis du camp de la Char-
treuse par une grande pluie qui a duré deux
jours ; les ordres étaient donnés pour nous
rendre à Creutznach. Le 14, nous avons logé,
en y allant, à Ventzenheim où nous avons eu
séjour ; le 15, à Kircheim-Bolanden. Dans cette
ville, le prince de Weilburg a un superbe château
de plaisance ; il est environné de jardins où il
y a des arbres de toute espèce, il y a un parc
bien distribué : de belles cascades d'eau, des
promenades bien agréables, et des pièces de
gazon très bien garnies. La vue ne peut pas se
contenter d'examiner toutes ces belles choses,
qui semblent être faites par la nature.

16. — Logé à Pitzersheim. Avant d'arriver à
ce village, on voit les tours de Mannheim ; il est

seulement à trois quarts de lieues de Neustadt.

17. — A Neustadt; 18, à Nuzdorff, premier village de France, venant de Coblentz et frontière du Palatin[1]. Ce village est très grand et situé à une demi-lieue de Landau.

19. — A Altenstatt, village à un quart de lieue de Wissembourg, où nous avons eu séjour.

21. — A Beinheim, village situé sur la route de Lauterbourg[2] à Strasbourg.

22. — Partis à sept heures du matin pour nous rendre au fort Vauban, seulement le premier bataillon; les deux autres ont été camper dans la plaine de Beinheim. Nous avons relevé au fort un bataillon de la 92e demi-brigade, ci-devant d'Artois.

Cette place se nommait, avant la Révolution, le Fort-Louis; elle ne pouvait être prise que par famine, mais elle a été livrée aux Prussiens en 1792. Les Français ont repris cette place, la même année, après le déblocus de Landau. Durant le temps que les Prussiens sont restés au dit fort, ils ont miné le quartier et autres fortifications[3].

1. *C'est-à-dire* du Palatinat.

2. La division Poncet, dont notre sergent faisait partie, devait, avec la division Marceau, rester en observation sur la rive gauche du Rhin.

3. Le 19 janvier 1793, les Autrichiens et non les Prussiens avaient en effet évacué le fort en faisant souter les fortifications. C'est après la levée du blocus que le duc de Brunswick écrivit au roi de Prusse cette lettre fameuse par laquelle il demandait son rappel en disant : « Lorsqu'une grande nation, telle

Au moment où il a fallu les abandonner, ils ont fait sauter toutes les mines; il restait encore quelques maisons où ils ont mis le feu en partant, de sorte que maintenant cette place est comme un désert. Nous étions logés dans des vieilles masures, comme tous le bataillon, parce que le Rhin avait débordé; et les baraques étaient encore pleines d'eau. Le mauvais air qui régnait dans cette place a fait que tout le bataillon, et même les deux autres, ont été pris de maladie; c'était comme une peste. Jusqu'à dix hommes par compagnie étaient obligés d'aller à l'hopital, car ils étaient attaqués d'une fièvre très violente. De soixante hommes que nous étions dans notre compagnies, nous sommes restés à deux qui n'ont pas été malades. La fièvre était mauvaise, car il y en a beaucoup qui en sont morts. Nous avons fait notre purgatoire dans cette place; nuit et jour nous étions tourmentés, il y avait des petites mouches que l'on nomme des *cousins*, qui nous faisaient bien de la peine, il y en avait si épais qu'on les auraient coupés avec des sabres; les puces et les poux n'y manquaient pas.

Étant dans cette place, nous avons fait la réjouissance de l'anniversaire de la Fédération. Le 23 thermidor [1], chaque pièce de canon a tiré

que la nation française, est conduite aux grandes actions par la terreur des supplices et par l'enthousiasme, une même volonté devrait présider à la *démarche* des puissances coalisées. »

trois coups, et chaque soldat de même. La réjouissance s'est faite de cette manière dans l'armée
de Rhin et Moselle.

12 *fructidor*. — Sortis du fort; il est dans une
île, et le Rhin passe tout autour. Les Prussiens
avaient brûlé une partie du pont qui conduit à
un petit fort qui est du côté de l'Alsace (il en
porte le nom); ce pont traverse un bras du Rhin
et conduit au grand fort; dans ce temps, pour y
entrer, il n'y avait qu'un pont volant.

Sortant de cet endroit, nous avons été camper
au camp près de Beinheim. Les gardes n'ont
point été relevées en partant, à cause de la
grande maladie; nous avons été relevés par un
de nos bataillons.

14. — Nous sommes partis du camp pour
nous rendre à Strasbourg. J'ai fait rencontre
d'un vieux bourgeois qui m'arrête et me dit :
« Mon ami, je ne peux m'empêcher de rire, vu le
costume que la République vous donne, car
vous ressemblez plutôt à un capucin qu'à un
soldat. »

Je lui dis que l'habit ne faisait pas le moine et
qu'il pouvait continuer sa promenade; qu'il ne
serait plus si étonné, car il en verrait beaucoup
de cette couleur. Il n'avait pas tout à fait tort,

---

1. Le 23 thermidor de l'an IV doit concorder avec le 9 août 1795,
et la fête de la Fédération était célébrée le 14 juillet. Il parait
y avoir ici erreur de date.

car je portais une capote couleur marron que j'avais reçue devant Cologne [1].

Nous avons été loger chez le bourgeois en arrivant. Le 15, nous sommes entrés dans la caserne de Finkmatt.

Partis de Strasbourg le 16; les gardes n'ont point été relevées en partant, car il n'y avait point de garnison.

16 et 17. — Nous avons logé à Plobsheim et à Rhinau, villages situés à un quart de lieue du Rhin, mais tout de même nos postes y étaient établis. C'est dans cet endroit que j'ai commencé à faire le service de sergent-major.

19. — Nous avons pris les armes pour recevoir notre nouvelle Constitution; on nous en a fait la lecture, et étant finie, tous ceux qui savaient signer ont été signer le procès-verbal pour envoyer à la Convention, pour lui prouver le contentement que nous avions de l'ouvrage qu'ils venaient de nous achever. L'on est rentré de suite.

4 complémentaire [2]. — Partis de Rhinau pour la

---

1. Rien de plus capricieux que l'uniforme des armées de la République réduites à tout improviser avec les seules ressources des pays qu'elles traversaient. A une époque bien rapprochée, du reste, au siège de Paris en 1870, nous avons revu un bataillon mobilisé vêtu de capotes marron.

2. On sait que l'armée républicaine, composée de douze mois égaux de trente jours, avait cinq jours dits *complémentaires* pour les années ordinaires, et six pour les années bissextiles.

Wantzenau, grand village situé sur la route de Strasbourg à Lauterbourg.

1 *vendémiaire* an IV [1]. — Partis de la Wantzenau pour nous rendre à Offendorf, à un quart de lieue du Rhin, sur la gauche de Strasbourg.

28. — Partis d'Offendorf pour Berg, village près de Lauterbourg, à une demi-lieue.

2 *brumaire*. — Partis de Berg, pour Wœrth, village sur le Rhin. Dans tous ces endroits, depuis la Wantzenau jusqu'à Mannheim, je reconnais que la guerre a bien causé de la misère dans tous les villages et bourgs; l'armée impériale et la nôtre n'ont cessé de se battre le long de ces bords. Les villages sont dévastés; une partie des habitants a émigré lorsque l'ennemi est venu dans les environs de Strasbourg.

3. — Partis de Wœrth pour Spire, grande ville sur le bord du Rhin, dans le Palatinat. Cette ville n'est fermée que par de simples murs, mais cependant entourée de fossés remplis d'eau; c'est une ville très commerçante et environnée de grandes plaines. Notre logement dans cette ville était dans des maisons d'émigrés toutes dévastées; et, pour coucher, de la paille très courte. Nous sommes arrivés à dix heures du soir.

8. — Partis de Spire pour Otterstadt, toujours en descendant le Rhin.

1. 23 septembre 1795.

12. — Partis de Otterstadt pour Waldsee, village anciennement fortifié ; maintenant on y voit encore les anciens fossés, une partie du mur et le cintre des portes.

13. — Partis de Waldsee pour Muhlrhein (?), à une demi-lieue sur la droite de Mannhein. Je suis allé voir cette ville ; elle est peuplée, mais elle n'a pas beaucoup d'étendue ; il y a de belles rues larges et très propres, et bien alignées ; les maisons de toute beauté, hautes, mais pas plus l'une que l'autre ; de chaque croisée on voit le rempart à chaque bout des rues ; il n'y a point de carrefour.

Les rues et places sont très bien illuminées : de chaque côté des rues, à distance de trente pas, il y a un reverbère ; la place est grande, et la maison du prince de Mannheim [1] est située sur la place. Les approches sont bien défendues par de bonnes avancées et de bons bastions garnis de forts canons. Dans ce temps-là, l'armée autrichienne en faisait le siège ; les fortifications du côté du Rhin sont un seul rempart. Le pont qui traversait le Rhin était composé de cinquante-quatre gros bateaux ; la longueur de ce pont était de huit cent quarante-quatre pieds ; il y avait un fort qui défendait l'approche du Rhin de ce côté. Mais les Français l'ont démoli la première fois qu'ils ont pris cette

1. C'était, avant 1777, l'électeur palatin du Rhin. Ce fut ensuite le duc de Bavière.

ville ; ils ont de suite construit des batteries dans la même place pour battre la ville.

19. — Partis de Mannheim pour retourner sur nos pas[1], nous sommes venus au village de Waldsee où nous étions le 12. Étant dans ce village, les Autrichiens bombardaient la ville de Mannheim ; le feu était dans le château du prince. Nos gens avaient été repoussés devant Mayence ; toute l'armée battait en retraite. Il y a eu encore une forte bataille dans les environs de Frankendal ; mais comme l'armée autrichienne était trois fois plus nombreuse que la nôtre, il a fallu leur céder le pas, et battre en retraite sur la ville de Landau, et Mannheim n'a pas tardé à être bloqué. Nous avons été obligés de nous retirer sur nos frontières ; l'armée autrichienne passait sur plusieurs points le Rhin et tentait de grands coups[2].

24. — Partis de Waldsee pour venir au camp près de Spire.

Partis de ce camp le 29. Comme nous étions dans un circuit du Rhin, l'armée autrichienne s'avançait à grands pas ; nous nous serions

---

1. Une attaque du maréchal Clairfayt déterminait en ce moment la retraite de l'armée de Rhin-et-Moselle, placée par Pichegru dans des positions intenables, et la place de Mannheim, abandonnée à elle-même, se rendait quelques jours après. Les lignes devant Mayence étaient forcées.

2. Elle était double de la nôtre qui avait vu une de ses quatre divisions écrasée. Les trois autres se retirèrent avec peine en perdant presque toute leur artillerie.

trouvés bloqués. Ils ne cherchent pas à nous faire
abandonner le Rhin, et leur colonne se glisse le
long des montagnes des Vosges.

Nous sommes donc sortis du camp à deux
heures du matin pour nous rendre aux lignes de
Guermersheim où nous sommes restés campés
jusqu'au 9 frimaire. Dans cet endroit, les vivres
nous ont manqué pendant cinq jours de suite à
cause du grand nombre de troupes, et il n'y avait
encore aucune administration d'établie pour les
vivres. Pendant ces cinq jours, nous nous sommes nourris avec des pommes de terre que nous
allions chercher sous la neige, dans des trous,
au milieu des champs de cultivateurs.

9 *frimaire*. — Partis de ce camp pour entrer
en cantonnement à Belheim, grand village situé
sur les lignes de Guermersheim.

16. — Partis pour aller cantonner au village
de Hœrdt, mais nous bordions toujours les lignes
qui aboutissaient au Rhin.

20 *nivôse*. — Partis de ce village pour faire un
mouvement vers Strasbourg. Le même jour nous
avons été loger à Auenheim, village en arrière
du Rhin.

Partis de Auenheim par une grande pluie, avec
un dégel qui nous faisait une bien mauvaise route.

1. Un armistice fut conclu quelques jours après fort à propos
pour l'armée de Rhin-et-Moselle, très réduite en hommes et en
chevaux.

Le 22, à sept heures du matin; nous avons logé à Hagenbach, bourg, nous y avons eu séjour.

24. — Partis pour Neubourg; grand village sur le Rhin, environné de marais.

28. — Partis pour Berg, à une demi-lieue de Lauterbourg, là où nous avions logé en allant à Mannheim. Étant dans ce village, il est venu un arrêté du Directoire exécutif pour que toutes les troupes de la République prennent les armes le 2 pluviôse, et renouvellent le serment d'être fidèles à la nation française, et de même pour célébrer l'anniversaire de notre dernier roi de France. C'est ce que nous avons exécuté le 2 pluviôse 1796. — J'ai cessé le service de sergent-major.

17 *pluviôse*. — Partis de Berg pour Niderrœdern où nous sommes arrivés le même jour.

20. — Partis pour Souffelnheim.

21. — Partis pour Bischwiller, bourg à cinq lieues à gauche de Strasbourg.

22. — Partis pour Reichstett, village sur la route, à une demi-lieue de Strasbourg.

29. — Nous nous sommes mis en route pour nous rendre à la Wantzenau à deux lieues à gauche de Strasbourg.

30. — Partis pour nous rendre à la plaine près de Kirchheim, en arrière du Rhin et à trois lieues de Strasbourg. C'était le lieu de rassemblement où la 127e et la 91e se sont réunies pour former des deux une seule demi-brigade.

Voici la manière dont cet embrigadement s'est fait. L'on a formé deux haies ; on a fait ouvrir les rangs dans chacune d'icelle ; le général de division en a passé la revue. De suite on a fait serrer les rangs ; le quartier-maître a appelé tous les capitaines, lieutenants, sous-lieutenants au centre des deux demi-brigades pour tirer parmi eux les plus anciens de grade et les placer dans leur camp respectif. Il en a été de même des sous-officiers et caporaux ; et tous ceux qui se sont trouvés surnuméraires, on en a formé une compagnie auxiliaire. Ensuite on a fait rompre par pelotons les deux demi-brigades ; la 127ᵉ s'est jointe avec la 91ᵉ en commençant par les premières compagnies, et insensiblement de suite. Après ce mélange, on a fait former le carré pour nous faire connaître nos chefs. Après que toute la cérémonie a été faite, nous avons défilé devant les généraux, dans la boue jusqu'à mi-jambe, car il tombait du brouillard qui ressemblait bien à de la pluie et qui faisait dégeler les terres.

Dans ce jour, la 127ᵉ a perdu son numéro et a été mariée avec la 91ᵉ dont elle a pris le nom. J'ai vu que lorsqu'on faisait des mariages, que rien ne manquait pour célébrer cette heureuse fête ; mais parmi nous il n'en était pas de même ; car ce jour-là nous n'avions pas de pain. Cela ne nous surprenait pas, car ce n'était pas la première fois.

Chacun a été reprendre ses cantonnements; la 5e, dernière compagnie du 1er bataillon, à la Wantzenau; et la 1re à Kilstett. Ce jour-là, j'ai changé de compagnie; j'ai été dans la 5e du 1er (capitaine Mondragon).

2 *ventôse.* — Sortis de la Wantzenau pour rejoindre la tête de notre bataillon au village de Kilstett le 3, pour appuyer à gauche en descendant le Rhin; notre premier bataillon tenait depuis la Wantzenau jusqu'à l'Ill le long du Rhin. Cette étendue était de six lieues; notre compagnie était au village d'Offendorf et faisait le service sur le Rhin.

17. — Partis d'Offendorf pour Weyersheim, où tout le bataillon venait cantonner pour un mois; après, on retournait faire quinze jours dans ces mêmes cantonnements sur le Rhin, et on revenait faire un mois sur les derrières. Ça se faisait à tour de bataillon.

21 *germinal.* — Sortis de Weyersheim pour reprendre nos cantonnements sur le Rhin; nous avons été de même à Offendorf. — 26. Partis d'Offendorf pour aller à l'armée du Haut-Rhin, nous avons logé en y allant à Hœnheim, à une petite lieue à gauche de Strasbourg. Le lendemain 29, le matin, nous avons passé à Strasbourg et nous avons logé à Erstein, ville; le 30 germinal, à Kuenheim; le 1er floréal, à Andolshein, village à deux lieues à gauche de Brisach et à une lieue

de Colmar, à droite ; nous y avons eu séjour.

3. — A Herrlisheim, située à une lieue et demie de Colmar.

4. — A deux heures du matin, partis pour Ensisheim.

5. — A une heure du matin, partis pour Huningue. Nous ne sommes pas entrés dans la ville ; nous avons reçu des ordres pour cantonner dans les villages aux environs. Nous avons pris la traverse, et nous avons été cantonner au village nommé Attenschwiller sur une petite colline à une lieue de Bâle, du même côté et à deux lieues de Huningue. Étant dans ce village, nous occupions les postes de sauvegarde du canton de Bâle. Personne ne passait à ces postes sans être muni d'une permission signée du général en chef. Si cela ne s'était pas fait de la sorte, on aurait enlevé une partie des vivres et des marchandises de la France.

Les frontières de la Suisse étaient bornées avec de grands poteaux de bois, à distance d'un tiers de quart de lieue ; il était inscrit sur une plaque de fer blanc : *Sauvegarde de Basel.* — Cette épitaphe était incrustée en haut de la potence.

Dans le courant du mois de floréal, nous avons appris la paix avec le roi de Sardaigne. Nous avons aussi célébré la fête, le 10 prairial, des victoires remportées par toutes les armées de la

République[1]. Cette fête a commencé à six heures du matin. Dans ce même moment, on a battu la générale ; à huit heures on s'est assemblé ; on a été de suite sur le terrain choisi par le chef de bataillon pour cette fête. On a fait quelque temps l'exercice ; après, on nous a annoncé les victoires remportées par l'armée d'Italie. C'est dans ce moment que nous avons juré d'un commun accord de seconder leurs efforts, et qu'à l'exemple de nos frères d'armes d'Italie, bientôt les succès de l'armée de Rhin-et-Moselle égaleraient les leurs. On est rentré dans le village aux cris de *Vive la République!*

Ce jour-là, la République nous a passé le pain, la viande, l'eau-de-vie double. — Voilà quel était l'ordre du général en chef.

15 *prairial*. — Partis d'Attenschwiller pour Hagenheim, dans une petite colline, et à une demi-lieue d'Attenschwiller et même distance d'Huningue ; ce village est en grande partie habité par des juifs.

17. — Partis d'Hagenheim à cinq heures du matin pour entrer en garnison à Huningue. Elle n'est pas beaucoup étendue, mais forte par ses

---

1. En sept semaines, l'armée d'Italie avait conquis le Piémont, dicté la paix à la cour de Turin, occupé Vérone et Milan, investi Mantoue. Déconcertée, l'Autriche prit Wurmser et 25,000 hommes sur le Rhin, pour les opposer à Bonaparte, et nous allons voir l'armée de Rhin-et-Moselle en profiter pour reprendre l'offensive.

bastions garnis de gros canons qui défendent
d'approcher; les rues y sont larges et bien éclairées; il y a beaucoup de casernes pour loger les
soldats; les maisons bourgeoises ne sont pas
beaucoup hautes, mais elles ne se dépassent pas;
le Rhin flotte contre ses bastions et donne de
l'eau dans les fossés. Il y une belle place qui a
bien cent soixante-dix pieds au carré, elle est
environnée de pavillons qui servent à loger les
officiers de la garnison. Cette ville est à une demi-
lieue de Bâle; à chaque porte il y a trois forts
pont-levis et de bonnes barrières. Le temps que
nous étions dans la ville, nous n'avions que des
paillasses et des bois de lit pour toute fourniture,
mais, en récompense, les puces ne manquaient
pas.

8 *messidor*.—Sortis à huit heures du soir pour
nous rendre à Ottmarsheim; où nous sommes
arrivés le 3, à trois heures du matin; le village
est à une portée de fusil du Rhin, et sur la
route d'Huningue à Brisach.

9 *messidor*. — Tous les cantonnements qui
étaient pour garder le Rhin depuis Huningue
jusqu'aux lignes de Guermersheim, ont reçu
l'ordre de prendre les armes à dix heures du
soir. C'est la nuit du 5 au 6 messidor qu'on avait
choisie pour se faire un passage sur le Rhin.
Voilà la ruse que l'on a employée pour ce fait :
Vers minuit, il y a eu plusieurs compagnies

5,

de grenadiers en des barques, qui ont traversé le Rhin, où ils ont égorgé plusieurs postes ennemis. L'attaque a été générale dans toute l'étendue de la ligne du Rhin, car la canonnade s'est fait entendre, de même que la fusillade, depuis les deux heures du matin jusqu'à quatre heures. On criait : *En avant telle et telle colonne! allons! embarquons-nous! le passage est à nous!* On faisait reconnaître différents régiments de cavalerie et d'artillerie pour faire voir que nous étions bien du monde.

L'endroit destiné pour le passage était au fort de Kehl, près de Strasbourg, où cette attaque n'avait pas lieu, et l'ennemi ne savait pas où nous avions l'intention de passer[1]. Ce n'était pas là où l'on faisait le plus de bruit qu'on voulait passer.

Le passage s'est effectué sans avoir essuyé la moindre perte; on les a si bien surpris et trompés par nos manœuvres, que l'on a pris le commandant du fort de Kehl avec sa garnison prisonniers de guerre.

17 *messidor* — Sortis de Ottmarsheim, à quatre heures du matin, pour nous rendre à Balgau, village à deux lieues de Brisach, à droite. La nuit

---

1. Pour mieux surprendre encore, Moreau faisait exécuter deux fausses attaques sur Spire et Mannheim. Pendant ce temps son aile droite, portée rapidement sur Strasbourg, passait heureusement le Rhin à la date du 24 juin 1796, sur un pont de bateaux préparé dans le plus grand secret.

du 18 au 19, tous les cantonnements ont pris les armes pour faire la même attaque que celle du 5 au 6.

19. — Sortis de Balgau à huit heures du matin, pour nous rendre à Neuf-Brisach, ville forte où il y a une belle place entourée de quatre entrées, fermées chacune de quatre ponts levis ; les barrières, les maisons et les casernes ne dépassent pas le premier rempart. Il y a une belle place entourée de quatre rangs de peupliers qui sont coupés de manière à ce qu'ils ne fassent point découvrir la place en dehors ; à chaque coin de cette place, il y a un puits, et tout au milieu de la place, on voit les quatre portes ; les rues sont bien alignées ainsi que les maisons. Sous tous les remparts sont des casemates, et sur ces casemates est une belle promenade qui fait le tour de la ville. Ces remparts sont garnis de forts canons ; l'eau vient dans les fossés par un canal qui vient de la rivière.

21. — Sortis de Brisach pour aller à Marckolsheim, bourg à quatre lieues de là, sur la même route.

25. — Partis de Marckolsheim à dix heures du matin pour nous rendre dans les environs de Neuf-Brisach pour y faire une fausse attaque. C'était la nuit du 25 au 26, à côté du Vieux-Brisach, dans une île du Rhin ; une centaine d'hommes se sont embarqués pour passer le

Rhin, ils ont fait fuir plusieurs postes ennemis;
ils en ont surpris un près d'une batterie, ils l'ont
égorgé. En un autre, ils ont pris un canonnier,
deux charretiers et trois chevaux. Sur la pointe
du jour, le canon s'est fait entendre de droite et
de gauche sur la rive du Rhin. Vers les quatre
heures du matin, l'ennemi nous a riposté plusieurs coups de canon. Vers les sept heures du
matin, les hommes embarqués sont rentrés et
nous avons cessé l'attaque; elle était faite pour
établir un pont à Rhinau. — Nous sommes
retournés dans nos cantonnements qui étaient
depuis Brisach jusqu'à Rhinau, où deux de nos
bataillons ont passé le Rhin.

28. — Nous avons quitté ces cantonnements à
dix heures du soir pour nous rendre à Brisach,
où nous sommes arrivés à dix heures du matin.
Nous nous sommes transportés vis-à-vis le
Vieux-Brisach pour y passer le Rhin; nous
l'avons passé sur un pont volant vers les trois
heures de l'après-midi du 29 messidor. Nous
avons logé dans de grosses baraques que les
Autrichiens avaient fait construire du temps
que les Français assiégeaient la ville du Vieux-
Brisach.

Ces logements étaient couverts en terre et
derrière le Vieux-Brisach, hors de portée du
canon.

30. — Nous avons repassé le Rhin à dix heures

du matin pour aller le passer à Huningue; nous avons logé en y allant à Ottmarsheim.

1er *thermidor.* — Partis à quatre heures du matin, nous sommes arrivés à Huningue, et nous avons passé le Rhin vers les dix heures du matin. Nous avons été au premier village où le vin nous a été distribué. De là, nous avons été loger à Lörrach, bourg dans le Marquisat. Je dirai que nous avons passé le Rhin sur un pont volant, et après cela nous avons été obligés de passer un bras du Rhin avec des petites barques, ce qui nous a tenus bien du temps.

3. — Partis de Lörrach à deux heures du matin pour aller à Schopfheim, petite ville entre deux montagnes garnies de beaux bois ; la colline est garnie de beaux prés bien entretenus et tout de niveau où ils mettent l'eau quand ils jugent à propos. Cet endroit a beaucoup d'usines, tant en forges, manufactures de fils de fer, papeteries, etc. Je remarquerai aussi que les Autrichiens avaient quitté les bords du Rhin le 27 messidor, parce que la colonne qui avait passé à Strasbourg les prenait par derrière les montagnes du Brisgau pour leur couper leur retraite.

9. — Partis de Schopfheim, à deux heures du matin, pour aller à Sâckingen. Nous avons repassé le Rhin à Laufenburg. Dans cet endroit, le Rhin fait un grand saut au bas du pont ; il passe entre deux rochers, il est extrêmement

rapide. Les ponts sous lesquels on passe sont tous couverts et bien construits. Sâckingen et Laufenburg sont deux petites villes près des frontières suisses et situées à sept lieues de Schopfheim.

10. — Partis de Sâckingen à deux heures du matin pour Eibrechsferengel? Nous en sortions le onze à deux heures du matin pour nous rendre à Fiezen, village situé à huit lieues.

12. — Partis de Fiezen à trois heures du soir pour nous rendre à Singen, où nous sommes arrivés le treize à quatre heures du soir.

14. — Partis de Singen à dix heures du matin pour Esplingen, village sur le lac de Constance,

15. — Partis le 15 à quatre heures du matin pour nous rendre auprès de l'abbaye de Salmonswiler, située de même sur le lac, dans la Souabe.

. C'est là que nous avons aperçu l'arrière-garde d'une colonne ennemie. On a détaché des tirailleurs de droite et de gauche pour fouiller les environs de notre route; après avoir tiré plusieurs coups de fusil, ils ont continué leur retraite. C'est dans l'abbaye, ou pour mieux dire dans la plaine au-dessus, que nous avons commencé à camper. Je dirai que tous les villages dont j'ai parlé ci-devant et où nous avons logé, sont situés sur les frontières de la Suisse, en venant sur le lac de Constance.

La colonne du général Férino[1] chassait les ennemis de diverses places situées sur le lac de Constance, à droite du côté de la Suisse et s'emparait de la ville de Brégenz où se trouvaient une trentaine de pièces de canon de divers calibres[2].

Je remarquerai que nous avons passé au pied du fort de Randenburg[2], situé sur une montagne en pain de sucre, qui n'est commandé d'aucun côté, qui se rendit sans résistance ; on y trouva un arsenal bien garni, quarante-trois bouches à feu en bronze, et quantité de munitions.

Je dirai que nous étions sous le commandement du général Palliard. Notre colonne a pris à gauche du lac de Constance ; nous sommes sortis du camp près l'abbaye de Salmonsweiler le 16, à huit heures du matin, par une grande pluie qui avait commencé à trois heures du matin, pour aller à la poursuite de l'ennemi. Nous avons été camper près du village nommé Eriskirch, sur le bout du lac, dans un bois où notre artillerie a été obligée de tirer quelques coups de canon. Dans ses environs, il s'est

1. Milanais d'origine et capitaine au service autrichien, Férino était venu offrir ses services à la Révolution française qui le fit lieutenant-colonel et général en 1792, général de division en 1793. L'Empire le fit comte et sénateur ; sa division comprenait, au moment qui nous occupe, vingt-trois bataillons et dix-sept escadrons.

2. L'artillerie comptait en effet trente et une pièces ; et les sacs de grains étaient au nombre de quarante mille.

trouvé plusieurs obstacles : des fossés, des petits marais et des bois; mais l'ennemi a été forcé de prendre sa retraite. Nous sommes partis du camp le 19 à quatre heures du matin pour aller à la poursuite des ennemis vers la ville de Lindau, faisant partie du cercle de Souabe. Arrivés dans cette position, comme nous avions suivi les côtes de la Suisse avec un bataillon de la 38ᵉ demi-brigade et un détachement de hussards du 8ᵉ; nous avons quitté cette colonne le 20 thermidor pour aller rejoindre nos deux autres bataillons de la 3ᵉ demi-brigade de ligne. Nous avons logé en y allant à Waldsee, ville où nous sommes arrivés à la nuit; nous avons été loger dans un couvent où nos prisonniers de guerre étaient détenus avant que nous passions le Rhin; mais ils avaient été évacués à notre approche.

21. — Partis de Waldsee à quatre heures du matin, nous avons été bivouaquer à une lieue en avant de la ville, et à une lieue de Wurtzack, où nous avons retrouvé nos deux bataillons qui avaient passé le Rhin à Rhinau.

22. — Partis de ce bivouac à quatre heures du matin pour aller à la poursuite de l'ennemi qui était la légion de Condé, nous avons campé ce même jour dans un bois faisant partie de la forêt Noire, près d'un village nommé Itett (?) qui fait partie du cercle de Souabe.

23. — Partis du camp à trois heures du matin
pour aller camper une lieue en avant. A notre
approche, l'ennemi a pris sa retraite.

25. — Sortis du camp à quatre heures du matin,
nous avons passé à Memmingen, ville grande et
belle, entourée de petits bastions et de grands
jardins tous remplis de houblon; elle est au duc
de Wurtemberg. Ce même jour, nous avons été
camper en avant d'un village où les émigrés
sont venus nous attaquer à cinq heures du
matin, le 26, mais ils ont été repoussés avec
vigueur et on leur a fait quelques prisonniers.
J'ai remarqué dans cette contrée la grande
mortalité des bêtes à cornes; c'était la peste qui
était dans ce pays, car on ne pouvait en sauver
aucune.

Le même jour, vers les six heures du soir,
nous avons fait un mouvement pour appuyer à
gauche, pour donner du renfort à la troisième
ligne qui avait été attaquée pendant la nuit
par les chevaliers de la légion de Condé, où ces
derniers ont perdu bien du monde, car dans le
mouvement que nous avons fait, nous en avons
vu dans des places plus d'un cent, et beaucoup
qui étaient répandus dans les bois, et beaucoup
qui étaient enterrés que nous ne voyions pas.
Ceux qui étaient hors de terre étaient des
hommes qui avaient en partie des cheveux gris.

Leur attaque a été singulièrement combinée;

ils sont venus croyant surprendre nos gens ;
lorsqu'ils ont été à une portée de fusil d'eux, ils
ont fait le demi-tour, et faisaient les feux de
peloton en retraite, et leurs canons envoyaient
des obus en l'air. Étant assez près de nos troupes pour être reconnus, aussitôt nos troupes ont
fait un feu de file sur ces messieurs. Comme
cette petite avant-garde ne se voyait pas assez
forte, elle a battu en retraite pour un moment ;
mais aussitôt ils ont eu du renfort de la 74ᵉ qui
était campée derrière eux, et ils les ont repoussés avec toute la chaleur républicaine. Comme
je l'ai dit, plusieurs cents ont mordu la poussière. Cette bataille s'est donnée, la nuit du 25,
dans le bois près le village d'Obergein. Nous y
avons campé le 26 au soir, nous avons eu la
pluie pendant deux jours.

29. — Partis de ce camp à quatre heures du
matin pour aller en avant, nous avons été camper sur la hauteur, près du village de Meltheim,
près d'une petite rivière et derrière une grosse
ferme où était logé le général.

2 *fructidor*. — Sortis de ce camp à huit heures
du soir pour aller à la poursuite des émigrés,
nous avons pris la route à gauche de Meltheim
et nous avons campé dans la plaine.

4. — Partis à onze heures du matin, nous
avons été camper près d'une abbaye, dans la
Bavière.

Partis le 5, à deux heures de l'après midi pour nous rendre au camp à trois lieues de la ville d'Augsbourg, ville capitale des cercles de Souabe. Nous ne suivions pas de route directe, c'était en partie tous chemins de traverse ; il y a un peu de temps que nous n'avons vu notre ennemi. Nous sommes obligés de marcher à grandes journées, encore ne peut-on pas le rattraper. Nous sommes campés sur le bord d'une rivière et dans un bois dont je ne connais pas les noms, mais je mettrai un nom à ce camp, et la troupe qui a campé dans ce camp ne pourra pas me démentir ; je le nomme *le camp de la fourmilière*, car vraiment il n'y avait pas une place où la terre n'en soit couverte, et tous les arbres en étaient garnis ; on pourrait encore l'appeler *le camp de la pénitence*.

7. — Sortis de ce camp à six heures du matin, sans regret, pour aller passer la rivière où nous avons trouvé l'armée autrichienne ; sur l'autre rive, ils avaient coupé tous les ponts et nous attendaient sur la hauteur. Quoique les ponts fussent coupés, cela n'a point arrêté notre marche ; nous l'avons franchie avec tout le courage possible. Comme elle était rapide et que quelques républicains ont voulu la traverser, il y en eut quelques-uns de noyés. La profondeur à l'endroit où nous passions était de trois pieds quelques pouces ; nous avons mis un quart d'heure pour

passer ces obstacles. C'était sur la droite d'Augsbourg, entre dix et onze heures du matin.

Après ce défilé, et étant de l'autre côté, on
s'est formé en colonne et on a marché sur l'ennemi, qui s'est vu forcé d'abandonner ses fortes
positions.

Notre division a fait ce jour-là huit cents prisonniers et pris seize pièces de canon. Au moment où ils ont pris la fuite, on les a poursuivis
à quatre lieues de la ville d'Augsbourg. Notre
avant-garde a gardé sa position, et l'armée est
revenue camper à deux lieues en avant d'Augsbourg, et à une lieue de Fridberg.

Partis de ce camp à neuf heures du matin
pour appuyer à droite et suivre la marche de
l'ennemi, ce jour-là nous avons campé près
d'un village, dans les environs d'un superbe
château appartenant à un colonel de cavalerie
autrichienne. Ce château est remarquable pour
la troupe qui était campée dans les environs ;
on y a trouvé quantité de bière, d'eau-de-vie et
toutes sortes d'effets ; toute la maison était
partie à l'approche de l'armée française, et on
s'est emparé de tout ce qu'il y avait dans la
dite maison.

10. — Partis de ce camp à dix heures du
matin pour aller camper à une demi-lieue. C'est
dans ce camp qu'on nous a annoncé la trêve
avec le duc de Bavière.

13. — Partis à cinq heures du matin pour nous rendre au camp, près de Dachau.

17. — Partis à six heures du matin pour aller camper dans la plaine de Munich. Je dirai qu'on avait laissé une certaine quantité de soldats avec un officier dans notre camp de Dachau, pour allumer des feux comme s'il y avait eu de la troupe. Ce camp était aperçu depuis les hauteurs en avant de Munich, c'était pour faire voir à l'ennemi que nous étions en forces.

Nous étions campés dans la plaine de Munich près les parcs du duc de Bavière. Je peux dire que ces parcs étaient superbes et grands, entourés de planches très hautes et renfermant toutes sortes de bêtes sauvages et d'oiseaux. C'était si bien construit que c'était vraiment amusant; mais la guerre détruit tout; on a enlevé les planches pour se construire des abris dans le camp; de suite on s'est mis à donner la chasse aux bêtes, comme lapins, lièvres, chevreuils, biches, cerfs; les oiseaux ne s'en sont pas échappés; tout cela se prenait à la main, avec des bâtons.

Je dirai que dans les environs, à droite et à gauche de la ville de Munich, le duc de Bavière a de superbes châteaux très vastes et bien construits; il a aussi de superbes parcs fermés de murs, où il a toutes sortes d'animaux que l'on puisse imaginer; il y a aussi de beaux jets d'eau et de superbes avenues, promenades, etc. Plusieurs qui les ont vus comme moi ont dit qu'il n'y avait que le château de Versailles qui pouvait le surpasser; tout cela était fait pour enchanter.

19. — Sortis du camp à huit heures du matin pour appuyer à gauche de Munich, nous avons campé à trois lieues. C'est pendant que nous étions dans ce camp, que les émigrés ont passé l'Isar et sont venus prendre un parc de munitions qui était derrière Dachau. Nous y avions une ambulance où étaient nos blessés ; ils en ont pris une partie, nos chirurgiens, nos bouchers et une compagnie de notre demi-brigade qui était pour garder le parc. Ceux qui ne voulaient pas se rendre, ils les hachaient ; après qu'ils ont eu fait cette capture, ils sont retournés dans leurs positions qui étaient sur le Ridau, en avant de Munich, le long de l'Isar.

21. — Sortis de ce camp à onze heures du matin pour nous rendre sous les murs de Munich, là où notre avant-garde s'était battue la nuit sur l'Isar. Alors, les émigrés voulaient passer devant Munich ; mais il n'ont rien gagné. Ce même jour, nous avons campé près le faubourg de cette ville. Les faubourgs y sont grands et il y a de belles maisons ; les rues larges. La ville de Munich n'est pas extrêmement étendue, mais bien peuplée, les maisons fort hautes, les

---

1. Ce n'était pas un corps d'émigrés, mais six escadrons autrichiens détachés par le général Frœlich.

rues larges et bien éclairées ; dans le milieu de la place, il y a un beau jet d'eau. Elle est fermée par des bastions environnés de fossés, mais elle n'est point dans le cas de soutenir un siège ; c'est la capitale de la Bavière :

Dans la bataille de la nuit du 20 au 21 que nos troupes ont eue avec les émigrés, on a brûlé des tanneries, qui étaient sur le bord de la rivière, et plusieurs gros magasins de bois. Lorsque les émigrés ont vu que ça ne pouvait servir à rien, ils ont cessé le feu. Je dirai qu'ils avaient une maison sur la route du pont, qui a été aussi brûlée.

Le duc de Bavière avait dans la ville, pour garnison, dans ce temps, douze mille hommes, tant cavalerie qu'infanterie.

Les soldats français pouvaient entrer dans la ville avec une permision par écrit du colonel. La rivière qui passe près de la ville de Munich porte le nom de l'Isar.

La gauche de notre division avait déjà passé l'Isar à cinq ou six lieues de Munich, sur la droite ; lorsqu'on apprit la retraite du général Jourdan qui commandait l'armée de Sambre-et-Meuse. Nos troupes ont été obligées de repasser la rivière et de se disposer à la retraite.

26 *fructidor*. — A une heure du matin, nous avons commencé notre retraite, sans cependant y être forcés par l'ennemi de notre côté. Nous avons pris la route de Munich à Dachau, bourg

situé à six lieues ; nous sommes restés environ
quatre heures sous ses murs pour nous reposer
et attendre la gauche de notre division qui est
arrivée une heure après. Je dirai que notre
retraite a commencé par un temps de pluie.
Nous nous sommes donc mis en marche, toute
la division, et nous sommes venus camper à
neuf lieues de Munich, dans la position du
7 fructidor.

28. — Sortis de cette position à sept heures du
matin pour exécuter plusieurs mouvements, sur
la droite d'Augsbourg, et de la rivière. A huit
heures du soir du même jour, nous sommes
revenus prendre une position à une lieue de
Fridberg, en avant. Nous étions en ce moment
d'arrière-garde, et même nous nous sommes vus
bloqués de toute part; il fallait nous battre de
tous les côtés et plus particulièrement derrière
nous qu'en avant; nous aurions eu plus de facilité de retourner à Munich que du côté de la
France. Et quels étaient ceux qui nous blo-
quaient? C'était une partie des paysans qui servaient à prendre nos parcs, les convois de malades et de pauvres blessés; ils prenaient ce
qu'ils pouvaient avoir et de suite les mettaient
à mort. Ils nous coupaient les routes dans lesquelles nous devions passer, par de grands
fossés et des abattis d'arbres qu'ils croisaient
dans la route, pendant que les Autrichiens et la

légion de Condé nous faisaient user le reste de
nos munitions afin d'avoir plus de facilité de
nous prendre. Ils se croyaient les plus forts, mais
ils s'étaient bien trompés, car si ce n'est qu'on a
voulu en sortir avec tous les vivres et convois,
composés de quantité de voitures chargées de
toutes sortes, l'armée impériale ne nous aurait
pas arrêté un seul jour. Ils avaient de même envoyé des proclamations dans tous les pays que
nous avions conquis, où ils disaient aux paysans
que l'armée française était presque toute en leur
pouvoir; qu'ils en avaient pris une grande partie
entre Augsbourg et Munich; qu'il n'y avait plus
que trois mille hommes qui s'étaient échappés,
et qu'ils ne savaient pas où battre en retraite;
voilà pourquoi les paysans s'étaient empressés
de s'armer contre nous.

Étant dans cette position, nous avons fait encore plusieurs mouvements, allant du côté de
Munich, mais nous n'avons rencontré aucune
troupe.

2 *complémentaire* [1]. — Nous avons été à
quatre lieues, suivant la route de Munich, et nous
avons campé près de village d'Audelheim.

3. — Partis en retraite sur Fridberg; où nous
avons passé la rivière nommé le Negel; le même
jour les ponts étaient rétablis. Nous ne sommes

1. Voir la note, page 71.

pas passés dans la ville d'Augsbourg, nous en avons fait le tour ; elle a des remparts très hauts.

Le même jour, nous sommes venus camper à deux lieues de ce côté-ci, sur la route de Gunzbourg.

4. — Sortis à deux heures du matin pour venir sur les hauteurs de Gunzbourg où nous avons campé dans les terres labourées.

5. — Partis à huit heures du matin, nous avons passé dans la ville de Gunzbourg ; nous avons été prendre une position à trois lieues de là, bordant le Danube.

1er *vendémiaire*, an V. — Partis à huit heures du soir pour la ville d'Ulm, où nous sommes arrivés à deux heures du matin. Nous avons traversé la dite ville à six heures pour venir prendre une position tout près. C'est là que tous les parcs et convois se sont réunis ; et l'armée est venue passer pour que chaque division prenne la marche indiquée par le général. Moreau pour faire un débouché pour le passage des convois, partie de la troupe se battait en attendant que l'autre partie défilât avec les parcs [1].

Notre position était à la droite de la ville, qui n'a que de petites fortifications et n'est pas ca-

---

1. « Cette retraite est devenue célèbre ; cependant il faut convenir qu'elle était loin d'offrir les mêmes difficultés que la retraite de l'armée de Sambre-et-Meuse, avec laquelle Moreau eu' mieux fait d'opérer sa jonction. » (SOULT.)

pable de soutenir un siège. Nous sommes partis
de notre position le 3, à onze heures et demie du
soir, pour continuer notre retraite sur Fribourg
en Brisgau. Nous avons campé à une demi-lieue
d'Ulm; nous avons pris la traverse pour favoriser l'évacuation de nos parcs.

4. — Nous sommes arrivés près d'un passage
du Danube, à huit heures du soir, où l'ennemi
voulait forcer notre ligne et nous couper notre
retraite. Depuis le matin jusqu'à neuf heures du
soir, la fusillade et le canon n'ont cessé de jouer,
de sorte qu'ils n'ont pas pu passer. Nous avons
campé ce jour-là dans un bois, à sept lieues d'Ulm.
Étant dans cette position, nous avons fait plusieurs mouvements tant de jour que de nuit pour
en imposer à nos ennemis.

6. — Sortis de ce camp à une heure de l'après-
midi, nous sommes venus camper auprès d'une
grosse abbaye qui est à cinq lieues de Waldsee,
en avant.

7. — Partis à une heure du matin, nous sommes
allés camper à deux lieues de Waldsee, sur la
gauche.

8. — Sortis de ce camp à une heure du matin
pour nous rendre sur les hauteurs à gauche de
Ahldorf; ce village est situé près des grands
marais et vis-à-vis d'un parc. C'est dans ces
environs que notre colonne s'est réunie, de manière que lorsque la colonne se mettait en mar-

che, elle était divisée sur plusieurs points, pour deux ou trois jours; et après il y avait un point de ralliement. Je dirai que dans ce village de Ahldorf, le feu a pris à une grosse maison pendant la nuit.

9. — Partis à dix heures du matin. La troupe, qui marchait avant nous, a fait rencontre de l'ennemi, ce qui a un peu ralenti notre marche. A la première attaque, il a fait beaucoup de résistance, mais après quelques heures de combat il a été obligé de se reployer, mais sans abandonner la route sur laquelle nos convois devaient passer. Notre avant-garde s'est avancée et leur a fait abandonner leurs positions. Nous avons campé ce jour-là près le village de Berg, hauteur assez considérable, du côté opposé à l'ennemi, qui était sur la route immédiatement près l'abbaye de Vincastel, dans la Souabe.

Durant le temps que nous avons occupé cette position près le village de Berg, nous avons fait plusieurs mouvements de droite et de gauche pour nous éclairer sur la marche de nos ennemis.

Le général Moreau, qui voyait que ces mouvements de la part de l'ennemi rendaient sa retraite dangereuse, les fit attaquer le 1er octobre sur toute la ligne près de Biberach, et lui enleva vingt canons, des drapeaux et environ cinq mille prisonniers, parmi lesquels soixante-cinq officiers; à cette affaire, c'était le général Latour qui commandait les Autrichiens.

14. — Partis de Berg à huit heures du matin, nous sommes venus camper à six lieues en avant de Stockach.

15. — A quatre heures du matin, nous sommes venus camper sur les hauteurs, à deux lieues de Stockach. Il faut remarquer que nous ne pouvions faire beaucoup de chemin parce qu'il fallait que notre avant-garde fît une ouverture parmi l'ennemi, et débarrassât les routes pour faire passer nos convois.

16. — Partis à cinq heures du matin pour camper sur les hauteurs, à un quart de lieue de Stockach, du côté de la route de Fribourg. Je dirai que c'est dans ces environs que nous avons eu plusieurs convois de malades ou de blessés égorgés.

Ces pauvres malheureux étaient couverts de blessures et sans défense. Les infâmes se vengeaient sur eux des fléaux de la guerre qui avait dévasté leur contrée. Mais qu'ont-ils gagné, ces esprits faibles qui se sont laissé séduire par les écrits que leurs seigneurs et leurs émigrés leur avaient envoyés en leur disant que s'ils pouvaient nous arrêter, la guerre serait bientôt finie et qu'ils seraient affranchis pendant deux ans de tout impôt? Ils étaient tellement pénétrés qu'il n'y avait plus qu'à serrer la main pour nous

δ.

prendre, qu'ils quittaient tous leurs chaumières
et se mettaient de tous les côtés sur la route, les
chemins. Tout était bien gardé. Les femmes, les
filles, les enfants, enfin tous s'y mettaient, et
l'armée autrichienne les secondait dans leurs
mauvais desseins.

Ils sont venus un jour pour prendre notre magasin de poudre qui était près de cette ville avec
plusieurs pièces d'artillerie de réserve, et aussi
celles que l'on avait prises à l'ennemi et que l'on
n'avait pas eu le temps d'évacuer; mais ils ont été
bien reçus. Il s'est trouvé quelques-unes de nos
troupes dans les environs, ils ont été repoussés
et se sont retirés dans les bois des environs.
Dans les villages d'où ces misérables étaient
partis pour nous couper notre route, on a brûlé
quelques unes de leurs maisons et on a pillé les
autres.

Nous sommes sortis du camp de Stockach
après que tout a été sur des voitures, et qu'il ne
restait plus rien dans le magasin. C'était le 17, à
onze heures du matin, que nous avons suivi la
route de Fribourg, et que nous sommes venus
camper à deux lieues et demie de ce côté-ci de
Stockach, près d'un village où tous les habitants
étaient partis dans les bois pour nous couper
notre retraite. Dans cet endroit, nous avons eu
des blessés égorgés; pendant la nuit quelqu'un a
mis le feu à une maison. Étant dans cette posi-

tion, nous avons passé en avant du village et
nous avons attendu notre arrière-garde.

18. — A une heure de l'après-midi, nous avons
campé sur les hauteurs en avant de Lemmingen
où on nous faisait espérer des vivres ; on a
trouvé dans cette ville un seul homme et point
de vivres. Je dirai qu'on a brûlé environ vingt-
quatre maisons; la pluie nous avait pris près de
la ville de Hoch, et la nuit que nous avons été
camper sur les hauteurs de la ville de Lemmingen a été abominable ; la pluie emmenait toute
la terre de notre camp dans la colline.

19. — Partis à une heure du matin, nous avons
défilé au milieu des maisons tout en feu, et nous
sommes venus camper sur une montagne très
haute.

20. — Descendus de cette montagne, pour aller
camper dans la plaine près le Danube où l'ennemi
nous est venu attaquer vers les huit heures du
matin. Le 21, après plusieurs heures de combat,
nous les avons repoussés; après, nous avons
continué notre retraite. Le combat à notre droite
a été plus engagé que le nôtre, mais ils n'ont pas
pu percer notre ligne qui était près la route où
nos parcs et convois défilaient. Nous avons continué notre retraite, mais je dirai que, l'ennemi
nous suivant de près, nous avons été obligés,
par plusieurs reprises, de marcher en colonne et
de nous mettre en bataille lorsqu'il se trouvait

des obstacles où l'on ne pouvait pas tous marcher ensemble ; les uns battaient en retraite et les autres observaient.

Ce jour-là, nous sommes venus camper près d'une petite ville, à trois lieues de Neustadt ; là nous sommes arrivés la nuit par une pluie continuelle et des chemins presque impraticables.

22. — Partis de cette position à trois heures du matin, pour venir camper du côté de Neustadt, le long du revers de la montagne, dans une gorge de la forêt Noire, sur la route de Fribourg.

23. — Sortis à midi, nous sommes venus camper sur le revers d'une colline, à gauche de la route de Fribourg.

26. — Partis à dix heures du matin pour venir camper dans la gorge de Fribourg. A une demi-lieue, sur la route, il y avait de grands hangars qui servaient de magasins pour l'armée impériale, et comme ils étaient vides, nous nous en sommes servis pour nous mettre à couvert. Notre arrière-garde s'est bien battue dans cette gorge, aux environs de Neustadt.

28. — Partis à midi, nous sommes passés près des faubourgs de Fribourg ; de suite nous avons été camper dans une gorge tenant à gauche de la route de Brisach. Notre position était près d'un couvent de religieuses, qui était dans le fond de la gorge.

30. — Sortis le 30, à deux heures du matin, nous avons pris la route de Huningue. Vers huit heures du matin, notre arrière-garde a été attaquée par l'ennemi, près du faubourg de Fribourg. Au petit point du jour, on nous a mis en bataille derrière un village situé près la route de Huningue et au pied de la montagne de Fribourg. L'attaque du matin a duré toute la journée; en nous retirant, nous avons campé ce jour là dans la broussaille, le long de la montagne, à quatre lieues de la ville de Fribourg, sur la gauche de la route de Brisach.

1er *brumaire*. — Nous avons pris la traverse dans les montagnes du marquisat du Brisgau, pays de Bade, tenant à la forêt Noire. Nous sommes venus camper sur les hauteurs d'une montagne à quatre lieues d'Huningue.

2. — Nous avons fait un mouvement à huit heures du matin. Nous sommes venus camper dans le fond du vallon, à une demi-lieue du village. Nous étions divisés sur plusieurs points pour observer les manœuvres de l'ennemi (mais en cas d'attaque, on se réunissait sur un point).

3. — A cinq heures du matin, l'ennemi est venu nous attaquer sur différents points; en premier lieu nous avons repoussé l'ennemi: il nous a repoussé un instant après dans notre position où ils nous ont fait quelques prisonniers. On a soutenu longtemps dans le même endroit, mais

comme ils avaient beaucoup d'artillerie dans
une belle position sur la hauteur, qui leur donnait beaucoup d'avantages sur la nôtre, à peine
pouvait-on trouver un emplacement pour se
mettre. La pluie continuelle rendait le terrain
très mouvant, et comme il y avait différentes
collines à garder, dans des bois où l'on n'y
voyait pas la moindre clarté, l'ennemi ne cherchant qu'à nous couper notre retraite sur Huningue (car sur la route de Brisach, le canon
s'est fait entendre, comme sur notre colline, et
je crois même encore plus fort), je dirai que
le feu a été très soutenu de part et d'autre toute
la journée; nous avons perdu quelques hommes,
mais la plupart étaient des blessés. Nous avons
exécuté plusieurs marches sur la droite et sur la
gauche de la colline; une grande partie des
bataillons étaient en tirailleurs, lorsque le soir
est venu.

On a cédé le village devant lequel nous
étions. Je crois, si ce jour-là n'avait pas eu de
nuit, que le feu n'aurait pas cessé. C'est l'obscurité qui a fait la fin de notre journée. La pluie
a commencé avec l'attaque et a duré vingt-quatre
heures; vers la fin, à peine la poudre voulait-elle
prendre. On croirait peut-être comme on s'est
battu toute la journée, que l'ennemi nous a
poussés bien loin; eh bien, dans toute la journée
nous avons reculé d'une demi-lieue; voilà tout.

le progrès de l'ennemi. Pour la perte des hommes, je crois qu'elle a été égale.

A sept heures du soir, nous avons pris notre retraite. La route sur laquelle nous devions passer traversait le village que l'ennemi occupait, et, pour la rejoindre, il y avait plusieurs obstacles, mais tout de même il a fallu les franchir.

3 *brumaire*. — A sept heures du soir, nous nous sommes mis en marche pour rejoindre la route; nous avons traversé un bois; de là, nous sommes descendus dans le fond d'une colline très profonde où nous avons trouvé une rivière qui avait environ quinze pieds de large et trois pieds de profondeur; cela n'a pas longtemps retardé notre marche (nous étions déjà percés de la pluie de la journée), nous avons franchi cet obstacle. Il se trouvait encore un petit ruisseau au pied d'une assez forte éminence qui était garnie de ronces et d'épines; il fallait y monter à quatre pattes; et bien des fois, étant presque en haut on retombait en bas. En haut on trouvait la route, mais une patrouille de sept cavaliers ennemis venait à notre rencontre. Aussitôt notre adjudant major, nommé Scherer, crie au premier : *Qui vive !* — Il répond dans sa langue : *Verda !* — Ledit adjudant lui dit : *Prisonnier !* — *Nix prisonnier.* — *Rends-toi, coquin !* lui dit-il. — *Nix coquin !* Aussitôt il pique des deux et va rejoindre ses camarades qui étaient encore plus avant dans la route.

Aussitôt, ils sont revenus au grand galop et ont passé parmi nous, sans recevoir un coup de fusil, car les armes étaient si mouillées de toute la journée et du passage de la rivière, qu'elles ne pouvaient plus faire feu, et puis on n'y voyait pas clair. Dans la boue à mi-jambes, nous avons continué notre retraite, environ à deux lieues d'Huningue. Tout mouillés que nous étions et sans vivres, nous avons campé dans des sapins tout près de la route.

4. — De cette position, à quatre heures du matin, nous sommes venus sur les hauteurs près de Lôrrach pour camper. L'ennemi était sur nos traces et voulait passer avant nous le Rhin, mais comme le pont nous appartenait, nous avons voulu y passer avant eux.

5. — Partis à minuit pour nous rendre près le pont d'Huningue vers cinq heures et demie du matin. Lorsque est venu notre tour, à huit heures du matin, nous avons passé le pont qui était construit de trente-sept grosses barques. — Je dirai que nous étions de la division du général Férino pendant la campagne de l'autre rive du Rhin. Pendant notre retraite, nous avons eu vingt jours de pluies continuelles.

Lorsque nous avons eu repassé le Rhin, nous avons été nous reposer près le village de Bourgfeld, sur la route de Bâle et d'Huningue, pendant cinq heures. Le soir, nous avons été loger au

Village-Neuf, sur le Rhin, à une demi-lieue à gauche d'Huningue. Pendant que nous étions sur l'autre rive du Rhin, on avait découvert les anciennes fondations d'un fort qui était sur le bord du Rhin et près le territoire de Bâle, on avait relevé l'ouvrage à cornes et le fort où on avait mis de fortes pièces pour défendre la tête du pont. Cet ouvrage était enclos d'un bon fossé plein d'eau ; on avait aussi commandé une forte redoute en avant d'Huningue, pour défendre l'approche du fort nouvellement construit. — Ces ouvrages ont retenu la colonne autrichienne pendant tout l'hiver[1].

Comme nous voilà rentrés en France, et que l'ennemi ne nous poursuit plus, je vais faire un petit détail sur le costume des deux sexes du Brisgau et de la Forêt-Noire.

La situation des habitants de la frontière est très simple, et ils vivent contents dans leurs petites chaumières ; le bois ne manque pas, mais, pour la terre, elle n'y est pas bien commune ; ils en ont quelque peu sur le sommet de quelques hautes montagnes, où ils sèment du seigle avec un peu de blé ; dans la vallée, ils plantent des pommes de terre. Le pâturage y est assez frais, aussi ils ont presque tous des vaches. Les maisons ne sont pas bien épaisses et construites en bois ; lorsqu'un père de famille marie ses

1. Voir la note de la page 115 (siège de Kehl.)

7

enfants, il leur construit des petites maisons aux environs de la sienne ; mais il font cela quand la famille ne peut plus tenir dans la maison paternelle.

C'est un vrai désert, aussi le monde qui l'habite est aussi brute que sont leurs habitations ; la plupart n'ont aucune éducation ; comme la nature les a créés, ils restent. Les hommes sont habillés grossièrement, ils portent sur la tête un petit chapeau de paille, des cheveux courts et tout hérissés ; leurs chemises de toile très forte sans cols, car on ne leur voit jamais rien autour du cou. Leur culotte, très large avec des plis tout autour qui leur font des genoux gros comme la tête, est froncée comme une bourse. Ils ne portent rien aux jambes, et aux pieds ils ont des souliers aussi durs que du bois ; les semelles ont deux doigts d'épais, et bordées de gros clous tout autour. Ils ont des gilets qui leur tombent au milieu des cuisses ; des habits moins courts qui se boutonnent tout le long ; et les poches battent au bas du ventre. Cet habillement est tout en toile, la plupart du temps tout noir ; aussi ils ressemblent à des charbonniers. Les femmes et les filles ont pour coiffure un petit chapeau de paille à quatre cornes, comme une espèce de *carquelin*[1]. Elles portent leurs che-

1. Il s'agit ici du *craquelin*, petit gâteau ayant effectivement cette forme.

veux en deux tresses tirées très près de la tête,
qui est grosse comme celle d'un veau de deux
mois; une encolure de même; leur gorge est
parée par une grosse chemise, brodée d'une
grosse dentelle, avec un corset rouge où sont
enfermés des appas très gros, qu'elles fagottent
comme un fagot. Les jupes qu'elles portent sont
de différentes couleurs; elles en mettent trois,
la plus grande ne passe pas les genoux, la
deuxième un peu plus haut, la troisième va au
bas du nombril; elles sont brodées chacune
d'une tresse large de différentes couleurs. Le
plus souvent elles vont toutes déchaussées; elles
ont des souliers hauts avec de forts clous. Leur
nourriture est le lait, le lard et la choucroute.
Nous avons logé dans leurs maisons en allant
sur le lac de Constance; ils avaient toujours les
yeux sur nous, parce que nous étions costumés
différemment qu'eux.

Dans le Brisgau, le peuple n'est pas si gros-
sier, ni le costume non plus; la terre y est
plus fertile et il y a encore du beau seigle, mais
la mode du costume n'est guère différente.

6 *brumaire.* — Sortis du Village-Neuf, à midi,
pour venir cantonner au Grand-Kembs, village
situé à une demi-portée de fusil du Rhin, à trois
lieues à gauche d'Huningue, sur la route. Pendant notre retraite, nous avons eu vingt jours
de pluie continuelle.

14. — Sortis du Grand-Kembs pour appuyer à gauche à huit heures du matin, nous avons logé à Sausheim; le 15, à Blodelsheim; le 21, avec quatre compagnies, cantonné à Fessenheim. Ces villages sont entre Huningue et Brisach, sur la route suivant le Rhin.

25. — Partis de Fessenheim pour venir cantonner à Biesheim, tout le bataillon. Ce village est à une demi-lieue de Brisach, à gauche.

7 *frimaire*. — Partis de Biesheim, à onze heures du matin, pour Witternheim, à sept lieues de Strasbourg et à deux lieues du Rhin.

11. — Sortis de Witternheim, nous sommes venus loger à Nordhausen, à quatre lieues de Strasbourg.

12. — Sortis à deux heures du soir pour nous rendre au fort de Kehl. Là, nous avons relevé la 31me demi-brigade qui était campée à gauche du fort, dans une île du Rhin. La 31me nous a relevés au bout de trois jours; de sorte que tous les trois jours, nous nous relevions, jusqu'à l'époque du 30 frimaire, où nous avons commencé à nous relever tous les quatre jours parce que le froid n'était plus si dur. Mais aussi, plus on se relevait souvent, plus on perdait de monde, car l'ennemi tirait sans cesse, nuit et jour; cela semblait un orage.

Lorsqu'on était relevé, on allait passer autant de jours dans le village de Bischheim; il y avait œux lieues de chemin pour passer sur le pont et gagner notre camp qui était à deux lieues de Strasbourg, à gauche.

9 *nivôse*. — Le général a fait assembler les officiers de notre bataillon qui était le premier, et les a conduits sur la droite de Kehl pour leur faire voir le retranchement de l'ennemi que nous devions enlever pendant la nuit. Les dits officiers ont pris les mesures nécessaires pour conduire leurs compagnies sur le terrain, et s'acquitter de cette besogne. Tous les obstacles étaient prévus ; ils ont prévenu leurs compagnies de ce qu'elles avaient à faire pendant la nuit. On a fait la distribution de nouvelles cartouches et pierres à feu ; et de suite une ration d'eau-de-vie par chaque homme, à minuit. Dans ce moment, on a assemblé les compagnies dans le plus grand silence, et le bataillon s'est mis en route sur-le-champ pour aller sur le terrain qui était à une demi-lieue de notre camp, à la droite du fort, où nous sommes arrivés à deux heures du matin. Étant vis-à-vis le retranchement que nous devions prendre, on nous a formés en bataille à une portée de pistolet, on nous a fait porter à droite et, dans le même moment, on a fait front et on s'est porté sur le retranchement de l'ennemi en exécutant un feu de peloton : on le leur a pris sans beaucoup de résistance de leur part , et on leur a fait quelques prisonniers. Pour le nombre des blessés et

des morts, on ne l'a su que par des déserteurs qui ont rapporté qu'ils avaient eu dans cette affaire environ 400 hommes hors de combat.

Nous nous sommes retirés sans y être forcés ; nous sommes venus derrière nos retranchements ; nous avons laissé les lieux tels que nous les avions trouvés. Notre bataillon a perdu dans cette affaire quarante-huit hommes tant tués que blessés. Ceci a eu lieu le 10, à trois heures du matin et nous sommes rentrés dans notre camp à six heures et demie du matin. Nos deux autres bataillons ont fait la même chose les jours suivants, mais avec moins de pertes.

Nous avons continué le service de cette place jusqu'au 20 nivôse, où nous avons été relevés à quatre heures du matin. Car depuis que les Autrichiens nous avaient pris un camp retranché qui était à la droite du fort, leur mitraille mettait en pièces tout ce qu'ils voyaient sur le pont dès la petite pointe du jour. Ils ont fait un feu avec leurs canons que la terre en tremblait. Entre sept et huit heures du matin, il y avait quatre barques de brisées à notre pont. Dans ce moment, il est venu un parlementaire au général qui commandait le fort et le sommait d'évacuer. Les généraux se sont assemblés, et se voyant dans l'impossibilité de conserver ledit Kehl plus longtemps sans y perdre bien du monde, à cause des canons de notre ennemi,

sont convenus qu'on allait évacuer le fort. Cela
s'est fait dans les vingt-quatre heures, du 20 au
21 nivôse; et les troupes de l'empereur en ont
pris possession suivant les arrangements convenus entre les deux puissances. En sortant de
Kehl, nous sommes venus loger dans nos cam-
pements ordinaires qui étaient à Bischheim.

Je dirai que ce siège nous a donné bien de la
peine. La rigueur de l'hiver semblait seconder
nos maux; la neige, la pluie glacée venaient
s'appesantir sur notre léger habillement, et
c'était là le temps qu'il a fait pendant ce siège.
Nous devrions être bien habitués au froid; nous
étions campés sur le sable et nous ne pouvions
pas avoir de bois pour faire notre soupe; nous
arrachions quelques petites racines du sol qui
nous faisaient plutôt de la fumée que du feu;
vraiment c'était misère et compassion[1]. Nos prêts

1. Rien n'est exagéré dans ce compte rendu de la situation.
« Voulant rester à portée de l'Alsace pour profiter des intrigues
que Pichegru continuait à ourdir, et pour lesquelles il était
même revenu en personne à Strasbourg, les Autrichiens com-
mencèrent par le siège de Kehl. Quelques travaux y avaient été
faits pendant la campagne, et un camp retranché avait été établi en avant, mais tous ces ouvrages étaient simplement en terre,
et paraissaient peu susceptibles de tenir longtemps contre une
attaque régulière. Néanmoins, la défense fut telle qu'elle résista
à *quarante-sept jours* de tranchée ouverte, pour ne laisser à l'ennemi que des monceaux de terre bouleversée. Il en fut de même
à la tête du pont de Huningue dont les ouvrages étaient plus
petits encore, et qui, attaquée depuis les premiers jours de novembre, ne fut évacuée que le 2 février suivant. Ces deux défen-
ses mémorables ont été décrites dans des ouvrages spéciaux. »
(SOULT.) — Voir le n° III de notre Supplément.

étaient arriérés de plusieurs mois et nous ne
recevions pas un sou.

C'est pendant cette quarantaine que le vrai
républicain s'est distingué, en y tenant son rang
avec bravoure ; malgré le temps rigoureux de la
saison d'hiver et la misère qui nous poignardait
de tous côtés. Oui, beaucoup de citoyens le diront
comme moi, sans se compromettre, que c'est
dans ce poste d'honneur que l'on a pu connaître
les vrais soldats, et l'amour qu'ils avaient pour
le maintien de leur pays. L'endroit était périlleux.
Un peu de pain glacé était là toute notre nourriture, cet endroit ne permettait pas d'y trouver
du bois pour pouvoir un peu réchauffer nos pauvres membres tous navrés de froid au bivouac.

Pour nous, pauvres héros, les habillements et
les chaussures manquaient depuis très longtemps,
sans pouvoir en avoir ; et la plupart de nous
n'ayant pas d'argent pour s'aider d'aucune
manière, car il y avait trois mois qu'on n'avait
touché de solde.

Après avoir fait mention de nos généreux
guerriers, je parlerai de ceux qui ont, dans ce
moment, abandonné si lâchement leurs drapeaux
pour retourner dans leurs foyers. Ils ont profité
du moment où leur patrie avait le plus besoin de
leurs services pour exécuter leurs projets. Ce ne
sont pas les plus misérables soldats qui ont agi
de la sorte ; c'est ceux qui avaient tenu une

conduite de brigands de l'autre côté du Rhin, qui avaient pillé et assassiné des hommes paisibles dans leurs foyers. Ils avaient de l'argent dans les mains, c'est pourquoi ils ont fui devant l'ennemi. Mais ces lâches ont été bien peu regrettés, on a regardé cela comme du venin qui sortait du corps d'un homme qui était empoisonné, et ils se sont rendus indignes du nom français, et de l'estime de leurs camarades. Je sais qu'il n'y a pas beaucoup de citoyens soldats qui ne désirent retourner au centre de leurs familles, mais enfin ce sera-t-il en quittant nos drapeaux et en nous sauvant comme des brebis égarées, que nous soumettrons à la paix des hommes orgueilleux.

Ils savent bien qu'elle leur serait utile, cette paix, mais la demanderont-ils en voyant la désunion dans nos troupes ? Non ! Je crois qu'il n'y a que l'union et la fermeté dans nos entreprises qui les forcera à nous demander la paix.

C'est dans le courant du mois de frimaire, an V de la République, que les désertions pour l'intérieur de la France étaient fréquentes dans l'armée de Rhin-et-Moselle.

Kehl était une belle petite ville, très commerçante ; pendant le siège elle a été rasée de fond en comble ; des bourgeois y étant venus, ne reconnaissaient pas l'emplacement de leurs maisons.

Nous avons entretenu l'armée autrichienne

7.

pendant une partie de l'hiver, où elle a épuisé une partie de ses forces. Ce siège a été soutenu par notre armée pour favoriser la prise de Mantoue qui était bloquée par l'armée d'Italie, il y avait déjà longtemps, et le prince Charles n'a pu lui porter du secours.

24 nivôse. — Nous sommes partis de nos cantonnements des environs de Strasbourg à sept heures du matin; nous avons été loger au village d'Obenheim, situé à cinq lieues de Strasbourg.

25. — Sortis à quatre heures du matin pour loger au village de Bootzheim, à quatre lieues de Brisach.

29. — Partis à onze heures du matin pour aller prendre notre rang de bataille, à Artolsheim, village à quatre lieues de Brisach, à gauche sur la route. Étant dans ces cantonnements, nous bordions le Rhin.

25 pluviôse. — Partis pour aller à Sundhausen, village à une lieue du Rhin, sans y faire de service.

5 ventôse. — Sortis pour aller au village de Westhausen. C'était un commissaire du pouvoir exécutif du canton qui nous y avait fait aller, soi-disant qu'il ne voulait pas payer ses contributions. Ce village est situé à un demi-lieue de Benfeld, à gauche, près la route de Strasbourg.

6. — Partis à huit heures pour retourner dans notre cantonnement, à Sundhausen.

10. — Partis à cinq heures du matin pour cantonner au village d'Artzenheim, à une lieue de Markolsheim sur le Rhin.

17. — Partis, nous avons été loger à Biesheim, village à une demi-lieue de Brisach, où tout le bataillon était réuni. Nous sommes partis le 19 pour nous rendre à Wihr, village situé à trois quarts de lieues de Colmar.

22. — Sortis de Wihr pour loger à Colmar. Pendant notre séjour dans cette ville, nous avons passé la revue du général Schauenbourg, qui était pour le moment inspecteur général de toute l'infanterie de Rhin-et-Moselle. Nous avons été cinq jours pour la passer. Le 23, au soir, chaque capitaine a été placé par son ancienneté de grade dans chaque bataillon ; de sorte que la compagnie de Mondragon, qui était la cinquième du 1er bataillon, est devenue la troisième du 2me ; les autres jours se sont passés à faire les grandes manœuvres, avec la 56e demi-brigade.

27. — Partis pour aller cantonner à Wettolsheim, derrière Colmar, au pied des montagnes. Étant dans ce village, nous avons été faire deux fois les grandes manœuvres avec la 56me demi-brigade, dans les prés près de Colmar. Le 3 germinal, nous avons fait l'exercice à feu, les deux demi-brigades ensemble ; chaque soldat

avait quinze coups à tirer. Après ces grandes manœuvres on est rentré dans ses cantonnements.

5 *germinal*. — Logé à Reguisheim, village situé à trois quarts de lieue de Ensisheim, à gauche.

6. — Cantonné à Blodelsheim pour faire le service sur le Rhin; ce village est à trois lieues de Brisach.

27 *germinal*. — Partis de Blodelsheim le 27 germinal pour passer le Rhin. Les postes sur le bord du Rhin de tous nos cantonnements n'ont pas été relevés; on les a laissé tels qu'ils étaient, et on a pris la route en arrière du Rhin. Nous avons été loger le même jour à Sainte-Croix, à cinq lieues du Rhin; le 28 à Merckviller; le 29 à Châtenois, bourg dans la montagne, près de Schelestadt; le 30 à Nordhausen.

1er *floréal*. — Nous sommes arrivés à Kilstett; endroit désigné pour le rassemblement de l'armée du Rhin-et-Moselle. Nous avons campé en arrivant dans une île près le Rhin, sur la droite du village. La nuit du 1er au 2, à quatre heures du matin, nous avons reçu les ordres de passer le Rhin. Dès le 1er floréal, on avait inquiété l'ennemi dans différents endroits sur le Rhin, afin qu'il ne se doute pas dans quel endroit on devait passer, ce qui a rendu notre passage plus aisé à exécuter, et avec moins de pertes. Nous avons donc, malgré la grande résistance d'une colonne autrichienne, passé le Rhin à quatre heures du matin, le 2 floréal.

Étant parvenus sur l'autre rive, et l'ennemi s'étant retiré dans plusieurs îles du Rhin, favorisé par des bois très épais, on a disputé pendant deux jours avec une intrépidité incroyable. Mais, après un si long combat, l'ennemi a été forcé d'abandonner ses positions, après avoir éprouvé des pertes considérables, tant blessés que tués ou prisonniers; ils ont été en déroute complète.

Nous avons aussi éprouvé quelques pertes à ce passage; entre autres deux généraux de blessés[1]. Mais les soldats républicains qui n'ont point succombé sous les coups de l'ennemi, ont su se venger du malheur arrivé à leurs frères d'armes; on leur a fait voir que si on était moins en nombre, on n'était pas moins en courage.

3 *floréal*. — Ils ont abandonné le Rhin à cinq lieues, en nous laissant une partie de leur artil-

---

1. Les généraux blessés furent au nombre de trois : Desaix, Duhesne et Jordy. Tous avaient payé de leur personne pour doubler l'élan des troupes dans ces deux belles journées. Arrivé de Paris la veille, le général en chef s'était jeté dans l'eau jusqu'à la ceinture pour aider, en tirant sur des cordages avec Desaix et son état-major, à dégager un bateau engravé. Duhesme avait eu la main percée d'une balle en battant sur une caisse de tambour avec le pommeau de son sabre our ramener un bataillon à la charge.

lerie et bagages; et sans les bois qui favorisaient leur retraite, toute la colonne serait tombée en notre pouvoir.

Ce passage a été exécuté en plein jour et de vive force, l'ennemi étant rangé en bataille sur l'autre rive. On lui a enlevé 20 pièces de canon, plusieurs drapeaux et fait de trois à quatre mille prisonniers, parmi lesquels deux généraux [1].

Le fort de Kehl, devant lequel le prince Charles avait épuisé ses forces, a été repris par les Français après une résistance de quelques heures de la part de l'ennemi [2].

Pendant que le vainqueur de l'Italie stipulait les articles préliminaires de la paix, les armées des généraux Hoche et Moreau chassaient l'ennemi partout où il osait lui disputer le terrain.

4 floréal. — A quatre heures du soir, nous avons été devant la ville d'Offenbourg, où nous sommes arrivés à onze heures du soir.

A huit heures du matin, le général Bonenfant a reçu une lettre du général de division, qui était pour annoncer à ses frères d'armes qu'une ar-

---

1. Le seul général O'Reilli avait été fait prisonnier, mais le général Staray avait été tué, ce qui explique l'exagération apparente du chiffre.

2. Le fort fut enlevé par quelques dragons du 17e régiment, qui passèrent le Kintzig ; on était en train de le reconstruire sur un nouveau tracé.

mistice était conclue avec l'armée autrichienne, et que dès ce jour les hostilités devaient cesser entre les deux armées; mais qu'on garderait toujours ses postes tels qu'ils étaient établis, jusqu'à ce que la paix fût conclue.

Ce jour-là, on a reçu l'ordre de cantonner les troupes, et vers les cinq heures du soir, nous sommes sortis du camp devant Offenbourg, pour aller cantonner dans les villages aux environs à droite. Notre deuxième bataillon était au village de Weier, à une lieue.

6. — Sortis à cinq heures du matin pour camper en avant, à Offenbourg.

7. — Partis à neuf heures du matin pour cantonner dans les hameaux de la Forêt-Noire, à deux lieues à gauche d'Offenbourg.

9. — Partis à cinq du matin pour venir au village de Odelshofend, à une lieue en avant de Kehl. Tout le temps que nous avons été dans ce village, on allait démolir les retranchements que les Autrichiens avaient construits pour le siège du fort de Kehl; ces travaux étaient immenses; ajoutés l'un au bout de l'autre; il y en aurait eu quinze lieues de long. Nous avons cédé la place à une autre demi-brigade, chacun y faisant son tour.

20. — Logé à Ortenberg, à une lieue en avant d'Offenbourg.

23. — Cantonné à Ottenheim, à un quart de

lieue du Rhin et à deux lieues de la petite ville de Lahr appartenant au Margraviat. Cette principauté était neutre depuis l'an IV ou 1796.

1er *prairial.* — Partis à quatre heures du matin pour nous rendre vis-à-vis Rhinau pour y passer le Rhin sur un pont volant qui était rétabli. C'est là que la demi-brigade s'est réunie, et en même temps a passé le Rhin; elle a été loger à Herbsheim près le bourg de Benfeld, à quatre heures de Strasbourg.

2. — Cantonné au village de Roderen, à deux lieues de Schlestadt, au pied des montagnes.

3 *messidor.* — Sortis pour aller en garnison à Neuf-Brisach et cantonner sur les bords du Rhin; en y allant nous avons logé à Wihr, village à une lieue de Colmar.

4. — Partis à sept heures du matin, nous sommes venus loger à Biesheim, grand village à une demi-lieue de Brisach. Nous sommes entrés cinq compagnies du deuxième bataillon et cinq du premier en garnison à Brisach.

Le 5 messidor, à dix heures du matin, la fourniture de notre casernement n'était pas bien brillante : c'était de la paille sur le pavé et quelques couvertes.

5 *thermidor.* — Étant dans cette ville, nous avons célébré la fête de l'anniversaire de la révolution. La fête a commencé à six heures du matin. On a battu *la générale* dans toute la ville; à six

heures et demie *l'assemblée* ; ensuite le *rappel*. Il a été envoyé un détachement de canonniers aux pièces, près la porte de Strasbourg. Toute la garnison a pris les armes, ainsi que la garde nationale, et tous se sont rendus sur la place pour former le carré, en face de l'autel de la patrie, qu'on avait construit la veille du côté de la porte de Bâle. Le cortège est arrivé sur la place à sept heures : la marche était ouverte par un peloton de cavalerie de la garde nationale ; ensuite, les tambours et la musique. Après, une compagnie de grenadiers de la garde nationale avec la nôtre ; après, c'était notre colonel, le commandant de la place, la municipalité de Brisach et des villages voisins, décorés de leurs écharpes. Pour fermer la marche, c'était un peloton d'infanterie et un de cavalerie de la garde nationale. C'est au moment de leur entrée sur la place qu'on a tiré plusieurs coups de canon de siège. Une partie de nos officiers, les municipalités et plusieurs bourgeois de la ville sont montés sur l'autel de la patrie ; y étant assemblés, un des membres y a fait un discours, qui rappelait entièrement la manière que la Révolution française avait eu lieu, et comment les prêtres et les émigrés s'y étaient pris pour faire une contre-révolution, que nous avions su déjouer, mais qu'il fallait être toujours ferme dans notre opinion de soutenir la nouvelle

constitution. Ceci était les vœux de la garnison:
nous n'avions pas fait tant de sacrifices pour
abandonner notre patrie à de vils tyrans. Il faut
cependant dire que la joie n'était pas générale,
à cause des peines que nous souffrions. Cette
fête était cependant glorieuse pour les Français,
mais les soutiens de la patrie manquaient du
plus strict nécessaire ; le prêt était arriéré de
plusieurs mois, on ne délivrait aucun vêtement,
enfin nous manquions presque de tout. Ceci pouvait
bien faire régner la mélancolie parmi les troupes ;
aussi la fête ressemblait à un enterrement. La fin
du discours s'est terminé par: *vivre libre ou mourir !* et *vive la République !* Ces cris n'ont été
répétés que par ceux qui étaient sur l'autel de la
patrie ; ensuite on a commencé l'hymne de la
Marseillaise qui était répétée par notre musique,
mais les voix n'étaient pas unanimes, et cela a
fini.

Le cortège a été reconduit de la même manière
qu'il avait été amené, et la garnison est rentrée
dans ses quartiers. A neuf heures du soir, le
même jour, notre musique s'est rendue sur la
place où elle a joué différents airs. Au même
moment, les artificiers ont fait partir des feux
en l'air et plusieurs marrons se sont fait entendre, et plusieurs autres fusées ont été envoyées
parmi les spectateurs qui étaient sur la place.
Ces dernières serpentaient parmi le monde, ce

qui a donné le plus de divertissement de toute
la fête ; les femmes, qui sont ordinairement si
curieuses, fuyaient à l'aspect de ces fusées, car
elles craignaient que cela n'entrât sous leurs
jupes. Après cela fait, les officiers de la garnison
ont donné un bal pour finir la fête.

11 *thermidor*. — Nous sommes sortis de Brisach à huit heures du soir pour aller cantonner à
Ammerschwihr, village à trois lieues de Colmar,
à gauche, au pied des montagnes. Nous y
sommes arrivés à cinq heures du matin, le 12.
Toute cette contrée était attaquée d'une grande
maladie sur les bêtes à cornes, comme vaches
et bœufs. Des villages étaient dépeuplés entièrement de ce bétail ; on ne trouvait point de
remède pour cette maladie, ce qui affligeait
beaucoup les habitants et les cultivateurs.
Toutes ces montagnes ne sont que des vignobles qui sont d'un grand rapport ; il y a
aussi beaucoup de fruits de toutes espèces.
Dans le bas de ces villages, venant sur le Rhin,
il y a de belles plaines, qui sont assez fertiles en
toutes sortes de grains et en pommes de terre.

10 *fructidor*. — Partis à quatre heures du
matin pour nous rendre sur le Rhin, au village
de Baltzenheim, à deux lieues de Brisach. Arrivés le même jour à dix heures du matin. Dans
ce village, nous avons appris qu'on avait fait la
découverte des conspirateurs du repos public et

de la trahison de Pichegru (1) qui avait commandé à l'armée du Nord, où il avait remporté
de si brillantes conquêtes. Il voulait perdre dans
un moment ce qui nous coûtait tant de peines ; il
voulait livrer nos places fortes aux Impériaux et
à Condé, qui voulaient que ce fut lui seul qui fît
la contre-révolution en France. Mais aussi la
trahison de Pichegru a manqué, grâce à toutes
nos armées qui avaient fait une pétition au Directoire exécutif, ce qui a ranimé les cœurs des
bons républicains quand ils ont vu que les
armées étaient encore pour le bon parti.

Le 1er *vendémiaire* an VI. — Jour qui ne devait
plus être consacré à la République, selon le
complot des conspirateurs. Nous avons célébré
avec beaucoup de pompe la fête de l'anniversaire de la fondation de la Réublipue. Voici le
détail de la manière dont nous l'avons célébrée.

Cette fête a été annoncée la veille au soleil

___

1. Les intelligences de Pichegru avec l'ennemi avaient commencé en 1795, et ses fausses manœuvres préméditées compro-
mirent alors l'armée de Jourdan. Déporté en 1797, il s'évada
pour s'allier ouvertement aux ennemis de sa patrie, et revenir
mourir honteusement à Paris. Le prix stipulé pour sa trahison
comprenait une infinité d'articles : le gouvernement d'Alsace, le
grade de maréchal, deux grands cordons, douze canons, le château de Chambord, la terre d'Arbois, un million d'argent et deux
cent mille livres de rentes. En attendant la réalisation de ces
promesses, le ministre anglais de Suisse lui faisait passer des
subsides. Moreau, auquel on avait apporté la preuve écrite de ce
pacte, fut accusé de l'avoir divulgué trop tard.

couchant pas une décharge d'artillerie de position, et le lendemain une pareille décharge a été faite au soleil levant. Vers les dix heures, la générale a été battue dans tous les endroits où il y avait de la troupe; chacun a pris les armes et s'est rendu sur la place de Brisach. Nos grenadiers étaient avec la garde nationale de Brisach qui était composée de deux compagnies et de deux pelotons de cavalerie. Notre musique et tous les tambours ont été ouvrir la marche du cortège qui était composé de généraux, chefs de brigade, officiers et autorités civiles de Brisach. La marche a été ouverte par un peleton de cavalerie, et, après, un peleton de grenadiers; ensuite les tambours et la musique. Puis une compagnie de chasseurs à pieds de la garde nationale, qui était formée de petits garçons de dix à douze ans très instruits, venait après. Puis, une soixantaine de jeunes citoyennes du même âge marchaient sur deux rangs; elles étaient vêtues en blanc, avec un ruban tricolore en écharpe, et tenaient dans leurs mains des panetières remplies de fleurs, de branches de chêne et d'olivier. Quatre petits garçons, aussi habillés de blanc, marchaient en tête et portaient entre eux une grosse couronne de chêne, de laurier et d'olivier surmontée d'un bonnet de liberté. Après, venaient les généraux, la municipalité, les commandants, les officiers, puis un peleton de grenadiers de ligne et la garde nationale; ensuite un assez grand nombre d'hommes de cinquante à soixante ans, armés de piques. Un peloton de cavaliers fermait la marche. Toute la troupe et le cortège s'est rendu dans cet ordre sur la place, devant l'autel de la patrie qui avait été établi le matin. Cet autel était construit par derrière avec des branches de chêne; il avait douze pieds de diamètre; les balustrades étaient couvertes de tapis de différentes couleurs; sur l'autel, étaient placés des vases remplis d'encens, avec la déesse au milieu. Sur le coin, devant l'autel étaient élevés des pilastres de marbre, après lesquels étaient attachés huit drapeaux blancs sur lesquels était peinte une urne renversée, avec le bâton royal; sur d'autres était un capucin tenant dans une de ses mains une croix, et dans l'autre une torche ardente; sur le haut des pilastres étaient un drapeau tricolore et un bonnet de liberté.

Les principaux membres du cortège sont montés sur l'autel, et un d'entre eux a fait un discours sur la fondation de la République, après quoi les jeunes citoyennes qui étaient assises devant l'autel ont chanté une hymne républicaine. Cela fait, les troupes ont défilé de la place pour se rendre sur les glacis de la ville, à droite de la porte de Strasbourg. A l'arrivée des troupes sur la place qui avait été désignée, plusieurs décharges d'artillerie ont été faites. Les troupes étant rangées en bataille, le général a fait mettre par divisions, en colonnes ; puis il nous a fait un discours pour nous féliciter de notre bravoure et de notre intrépidité, en nous exhortant à continuer. C'est à ce moment qu'il a renouvelé son serment d'être fidèle à la nouvelle constitution ; toute la troupe a aussi promis. De suite, il a fait déployer la colonne pour faire des feux de bataillons et de file ; le canon faisait de même ; chaque soldat avait douze coups à tirer. Après ces feux finis, toute la troupe est rentrée dans ses quartiers.

A huit heures du soir, trois coups de canon ont été tirés. Un détachement armé de grenadiers s'est rendu près le feu d'artifice qui était entre le Vieux-Brisach et le Neuf. Sur les glacis, toute la troupe y a assisté sans armes, ainsi que toute la population de Neuf-Brisach et des environs. Ce feu d'artifice a duré une heure et demie. Le feu fini, chacun est rentré dans ses foyers. Pour célébrer cette fête, il y avait deux bataillons de notre demi-brigade, une compagnie d'artillerie légère, une compagnie ou deux de grosse cavalerie.

Nous avons fait le service de la place de Brisach pendant quelque temps. Ceux qui étaient à la ville venaient relever ceux qui étaient dans les villages sur la rive du Rhin, et ceux des villages revenaient à la ville, car la garnison n'était pas bonne. De la paille sur le pavé et des couvertes servaient pour coucher; l'hiver il y faisait froid, et l'été c'était rempli de puces ; mais, dans les villages, quoiqu'ils fussent pauvres ; on y était encore mieux. Nous étions une compagnie par village selon le service qu'il y avait à faire sur le Rhin.

17 *vendémiaire*. — Sortis de Baltzenheim pour aller en garnison à Brisach, nous y sommes arrivés à sept heures du matin. On nous a annoncé que l'armée de Sambre-et-Meuse et celle du Rhin-et-Moselle ne faisaient plus qu'une, qui se nommait armée d'Allemagne, commandée en chef par le citoyen Augereau.

Détails de la fête qui a eu lieu le 30 vendémiaire an VI de la République française. Nous l'avons célébrée à Neuf-Brisach, en l'honneur du général Hoche, un des grands hommes que la République a perdus. Il est mort dans les environs de Paris[1].

1. Le maréchal Soult dit beaucoup en peu de lignes sur les causes possibles de la mort trop subite de Hoche : « Cependant, l'esprit républicain était encore très vif dans les rangs de l'armée ; aussi, quand la lutte fut engagée entre la majorité des conseils et celle du Directoire, celle-ci appela l'armée à son secours. On donna le mauvais exemple de faire faire des adresses par des corps de troupes. Le général Hoche fut à Paris, et l'on fit avancer deux divisions de l'armée Sambre-et-Meuse dans les environs de la capitale, sous le prétexte de les envoyer sur les côtes de l'Océan. Ce mouvement eut lieu à l'insu du directeur Carnot et du ministre de la guerre lui-même, du moins ce der-

Cette fête de reconnaissance a été annoncée

nier en fit la déclaration. Le gén ral Bonaparte fut plus circons-
péct que le général Hoche : il se borna à envoyer à Paris le
général Augereau, qui fit le coup de main du 18 fructidor. Quant
au général Hoche, il s'aperçut probablement au dernier moment,
qu'il ne jouerait pas dans le coup d'Etat projeté le rôle qu'il
croyait devoir lui revenir, et qu'il y serait associé à des hommes
avec lesquels il ne pouvait lui convenir d'être confondu. Il se
hâta donc de rejoindre son armée, mais à peine était-il arrivé à
son quartier général de Wetzlar, qu'une courte maladie, dont la
nature parut assez extraordinaire, l'emporta, le 19 septembre
(troisième jour complémentaire). Des bruits d'empoisonnement
circulèrent d'abord ; les soupçons se fondaient sur ce que le général Hoche était vraisemblablement dépositaire de secrets importants, et qu'il devait y avoir des personnes intéressées à ce
qu'il cessât de leur porter ombrage par sa supériorité et l'ascen-
dant qu'il exerçait sur son armée, voisine de la France. On ne
peut pas admettre légèrement des soupçons d'une nature aussi
grave, et il est plus que probable qu'ils n'avaient rien de fondé,
cependant ils n'ont jamais été éclairci. Quoi qu'il en soit, les
plus sincères regrets l'accompagnèrent au tombeau, et, pour en
perpétuer le souvenir, l'armée fit élever un monument dans la
plaine entre Coblentz et Andernach, où son corps fut déposé.

« Le général Hoche possédait les qualités qui constituent le
grand capitaine, et il les faisair ressortir par les dons extérieurs
les plus séduisants. Son port noble et majestueux, sa physiono-
mie ouverte et prévenante, attiraient la confiance à la première
vue, comme sur les champs de bataille, toute son attitude commandait l'admiration. Un coup d'œil prompt et sûr, un caractère
entreprenant qu'aucune difficulté n'était capable d'arrêter, des
sentiments très élevés, et en même temps, une grande bonté,
une sollicitude constante pour le soldat : il n'en fallait pas tant
pour que l'armée aimât en lui un chef qui avait toujours été heureux, et qui avait la gloire d'avoir pacifié la Vendée. On lui a
reproché l'ambition. Il n'avait que trente ans, lorsque la mort
l'enleva à la France ; à cet âge, à la tête d'une armée, avec la
réputation dont il jouissait et le sentiment qu'il avait de sa propre valeur, il était bien difficile de se préserver de l'ambition,
surtout lorsqu'il voyait s'élever à ses côtés des réputations qu'il
se croyait capable d'égaler. Aussi je crois que si Hoche eut vécu,
il eût prévenu le 18 brumaire, ou du moins qu'il eût pris le rôle
de Pompée, lorsque le nouveau César vint s'emparer du pouvoir
suprême. »

8

la veille par plusieurs décharges d'artillerie; le
lendemain 30, à six heures du matin, une décharge d'artillerie s'est faite de quart d'heure
en quart d'heure; les cloches de la ville ont été
sonnées pendant une heure. A dix heures, les
autorités civiles et militaires se sont assemblées
et se sont rendues à la maison communale où
tout le monde devait se réunir. Quant tout a été
prêt, on s'est mis en marche; le cortège était
ouvert par un détachement de cavalerie de la
garde nationale, ensuite venaient les vieillards
rangés sur deux rangs; le premier qui marchait
à la tête portait une bannière sur laquelle était
écrit : *Nos enfants suivront son exemple*. Marchaient
après eux des jeunes femmes habillées de
blanc, un crêpe en écharpe; un petit garçon
de sept à huit ans portait une bannière, sur
laquelle était écrit : *Il était bon père et bon
époux.* — Après eux marchaient une quantité
de jeunes filles de huit à onze ans, aussi habillées
de blanc; elles portaient dans leurs mains des
guirlandes de laurier et de chêne, et de petites
corbeilles remplies de toutes sortes de fleurs.
Après venait notre musique qui jouait des airs
funèbres; après venait un char de triomphe attelé
de deux chevaux gris-souris avec harnachements
de deuil; aux quatre coins étaient placés quatre
jeunes citoyennes âgées de onze à douze ans,
bien mises, coiffées en cheveux, avec une guir-

lande de roses par dessus; un ruban très large, tricolore, mis en écharpe.

Ces quatres citoyennes portaient chacune une bannière, sur laquelle on avait inscrit : 1° *Il allait être le Bonaparte du Rhin*; 2° *Immortel après sa destinée*; 3° *Il a inspiré la terreur aux rois*. — *Son ennemi fuit devant sa vaillance*. — Au milieu du char était placé en effigie le cercueil couvert d'un drap mortuaire; dans l'un des bouts était écrit : *ici gît Hoche*. Son portrait était au bas de cet écriteau; au milieu dudit cercueil était placé un chapeau bordé en or, avec le panache tricolore qui est la coiffure de nos généraux. Les coins du drap mortuaire étaient portés par les quatre plus anciens de service, pris parmi les officiers et soldats indistinctement. Les estropiés qui se sont trouvés dans les dépôts, qui étaient à Brisach, suivaient le char. Ensuite, venaient les tambours voilés en noir, qui exécutaient de temps en temps des roulements sombres. Ensuite venaient les généraux, les officiers de la garnison et les autorités civiles; il y avait un détachement de cent hommes faisant la haie, et un détachement de grenadiers qui suivait le cortège sur deux rangs; le reste de la troupe était sans armes.

Après avoir fait le tour de la ville en dedans, tout le cortège a été conduit à l'église; on a placé l'effigie de cercueil sur un autel de la patrie qui avait été préparé, et tout le tour était décoré de larmes. La musique a joué plusieurs airs funèbres. Puis on nous a fait le détail de la manière dont on avait fait l'enterrement à Paris, et comment toutes les communes de la République devaient célébrer une fête de reconnaissance pour le général Hoche. Ce discours fini, les jeunes citoyennes ont chanté plusieurs hymnes funèbres et républicaines. Puis notre chef de demi-brigade a fait un discours où il a rappelé plusieurs traits de bravoure du citoyen Hoche; ensuite la musique a joué à plusieurs reprises, pendant que toutes les jeunes citoyennes porteuses de guirlandes, de couronnes de laurier et de branches de chêne, les déposaient autour du cercueil et par-dessus. Ceci a été exposé plusieurs jours à l'église, et chacun s'est retiré dans ses logements.

Dans le même temps, nous avons appris la paix avec l'empereur [1]. C'était le 5 brumaire (27 octobre), par une lettre venant du Vieux-Brisach, qui avait été envoyée au commandant des troupes autrichiennes qui étaient pour le moment dans la principauté du Margraviat. Cette lettre disait que la paix était faite avec la République française depuis le 17 octobre 1797 [1].

1. C'est effectivement à cette date que fut signé le traité de Campo-Formio.

Nous l'avons appris de nouveau par les gazettes qui venaient de Paris le 12 brumaire.

Cette paix nous a été publiée le 25 brumaire (15 novembre), à dix heures du matin, à Neuf-Brisach. On n'a fait aucune réjouissance pour le moment; la fête a été remise au 30 nivôse, elle s'est célébrée avec toute la pompe possible, selon les préparatifs.

1er *frimaire*. — Partis de Brisach pour nous rendre dans nos cantonnements sur la ligne du Rhin; notre compagnie était toujours à Baltzenheim.

1er *nivôse*. — Partis de nos cantonnements pour nous rendre à Neuf-Brisach pour relever nos quatres compagnies.

25. — Partis de Brisach, le 25 nivôse, pour nous rendre à Strasbourg, toute la demi-brigade. Nous avons logé en y allant, le 25 à Schelestadt; le 26 à Erstein, le 27 à Strasbourg; là on a reçu des ordres pour aller cantonner dans des villages à trois ou quatre lieues de Strasbourg, sur la gauche; le 28, nous avons été chacun dans les villages qui nous étaient désignés; notre compagnie était à Kirchheim, à trois lieues de Strasbourg.

6 *pluviôse*. — Sortis de ce village pour aller cantonner au village d'Herrlisheim, sur la route de Lauterbourg. Je remarquerai que c'est le 1er pluviôse qu'on nous a retiré notre viande, quoique nous eussions six décades de prêts ar-

8.

riérés, mais cela n'a pas duré longtemps car nous sommes bientôt rentrés en campagne.

11 *pluviôse*. — Partis d'Herrlisheim pour aller à Strasbourg. Le lendemain de notre arrivée, le général Schauenbourg a rassemblé les officiers et sous-officiers de plusieurs demi-brigades, et nous a fait faire la grande manœuvre.

13. — Il est venu des ordres pour marcher vers la Suisse; nous sommes partis tout de suite; nous avons logé à Hüttenheim, près de Benfeld; le 15 à Schlestadt; le 16 à Oberhergheim, village entre Colmar et Ensisheim; le 17 à Baldersheim, à une lieue et demie à droite d'Ensisheim, sur la route de Bâle. Le 18 à Rantzwiller, en arrière et près de Sierentz, dans la vallée d'Altkirch; le 19 à Suënaï? village dans la colline du mont Terrible, à trois lieues de Reinach, à droite, et à quatre lieues de Delemont; le 20 à Viques dans la plaine de Delemont; le 21 à Eschert, petit hameau situé à trois lieues de Delemont, et à une demi-lieue de Moutier. Pour arriver dans cette colline, nous avons traversé deux lieues de montagnes de roche à perte de vue. Ces endroits sont habités et forment plusieurs petites communes. On avait donné la liberté à cette vallée quelques mois avant que les Français y aient été cantonnés, ils étaient autrefois alliés avec les Suisses; ils ferment la frontière du canton de Soleure. Cette vallée a aussi appartenue au

prince du Porentruy ; on y parle un patois que nous
comprenions assez. Leurs maisons sont toutes
construites en bois, en grande partie ; tout leur
commerce est en bœufs, vaches, chevaux ; ils ont
très peu de terres labourables. Comme les hameaux n'étaient pas bien grands, ils logeaient
une compagnie.

Nous sommes partis d'Eschert le 3 ventôse
pour nous rendre à Moutier, chef-lieu de canton
et faisant partie du département du Mont-Ter-
rible ; une partie de notre compagnie a été détachée à Belpraon, hameau près de ces cantonnements. Le 5, à huit heures du matin, nous avons
été loger à Soncelboz, village où nous avons eu
bien de la peine à arriver, car il y avait trois
jours qu'il tombait de la neige, et ce jour-là il en
est tombé toute la journée, de sorte que nous en
avions jusqu'aux genoux. Dans le même village,
il y avait deux années de suite que la grêle avait
tout ravagé.

8. — Partis pour aller à la Hutte, (tous ces villages sont dans la même vallée, sur la route de
Bienne.) En allant à la Hutte, nous avons passé
sous la Roche-Percée. La Hutte était le lieu où
notre demi-brigade s'est rassemblée avant d'aller
attaquer les Suisses. La vallée que nous quittions
se nommait l'Erguel ; notre colonne en portait le
nom jusqu'au moment où elle entrait en Suisse.

Partis de la Hutte le 9 à cinq heures du soir,

nous avons suivi la route de Bienne. Nous avons été camper à trois lieues sur la gauche du dit Bienne, entre la route de Bienne et Soleure et à gauche de la rivière nommée l'Aar, à une demi-portée de fusil du village de Lengnau où étaient les avant-postes suisses. Les mesures étaient prises pour attaquer les Suisses à trois heures du matin le 10 ventôse; mais l'attaque n'a pas eu lieu. Les généraux suisses ont fait une demande au général Schauenbourg qui commandait l'armée française en Suisse, de leur accorder une suspension d'attaque pour vingt-quatre heures, et elle a duré jusqu'au 12, lequel jour on les a attaqués.

12 *ventôse*. — L'attaque a commencé à quatre heures du matin; leurs avant-postes, qui étaient établis au village de Lengnau, ont été enlevés. L'armée, qui était dans le canton, n'a pu résister à l'ardeur de la colonne républicaine; leur artillerie a été enlevée de prime abord; car l'attaque a été vive de notre part. Dans ce combat, plusieurs Suisses ont perdu la vie, et la plus grande partie étaient des pères de famille; ceux auxquels j'ai parlé, qui n'avaient que la cuisse ou les jambes fracassées, regrettaient les épouses et les enfants qu'ils avaient laissés dans leurs maisons pour venir exposer leur vie sur les frontières.

Notre camp était à trois lieues de la capitale de ce canton, qui est Soleure. Quoique fortifiée,

elle s'est vue forcée de se rendre à l'arrivée de
notre colonne, sans tirer un coup de canon,
quoique ses remparts en soient bien garnis.
Nous sommes entrés à Soleure entre dix et onze
heures du matin, le 12 ventôse. Nous sommes
restés deux bataillons de notre demi-brigade
pendant que notre colonne a défilé. Le premier
soir nous avons été bivouaquer sur les remparts
jusqu'au lendemain à quatre heures du soir, où
nous sommes rentrés dans nos logements chez
les bourgeois. Nous y avons été reçus on ne peut
pas mieux. Notre troisième bataillon a été camper
sur la route de Lucerne, près d'un village, à
une portée de canon de la ville, pendant que la
colonne marchait sur Berne.

Étant dans la ville de Soleure, le général
Schauenbourg a fait rendre les armes à tous
les bourgeois de la ville et à tous les habitants
de ce canton. Il arrivait tous les jours des voitures chargées de fusils, de gibernes et de
toutes sortes d'armes, que l'on plaçait dans
l'arsenal pour être de suite envoyées en France.

On a trouvé dans cette ville un arsenal assez
bien garni de différentes armes, une quantité de bouches à feu en bronze qui avaient été
fondues à Strabourg ; beaucoup de belle poudre
de deux qualités. Cette ville est assez grande, il
y a de belles rues, mais il y a plusieurs hauteurs qui déparent un peu leur beauté. **Elle ren-**

ferme beaucoup de marchands de toutes sortes. La construction des maisons est fort belle et assez élevée.

J'ai remarqué sur la place, où nous avons planté l'arbre de la liberté, une horloge dont le cadran portait les douze mois de l'année, et les signes de chacun. Lorsqu'ils arrivaient, la touche se posait dessus, et il y avait un autre petit cadran qui marquait les heures. Au moment où le marteau frappait, il y avait la mort qui tenait une lampe dans sa main gauche, elle faisait un tour et de même remuait la tête. De l'autre côté, il y avait une espèce d'homme, qui avait du repentir, car à chaque coup que le marteau frappait, il frappait un coup sur sa poitrine, de sa main droite. C'était un guerrier, car il avait le sabre. Au côté, entre les deux, était un vieillard avec une grande barbe noire ; il ouvrait la bouche à chaque coup, et tenait de sa main gauche le bâton royal qu'il balançait de tous les côtés.

La rivière de l'Aar passe à Soleure, et la partage en deux parties inégales.

Nous sommes sortis un bataillon de la ville. Comme elle n'était pas assez considérable pour contenir deux bataillons, notre bataillon a été cantonné dans les environs de la ville, dans les villages. C'était le 20 ventôse que chaque compagnie a été prendre les cantonnements qui leur était désignés, mais toujours dans le même canton. Je citerai seulement les endroits où je me suis trouvé.

Notre compagnie était cantonnée à Subingen, village à une lieue et demie de Soleure, sur la route qui conduit de Soleure à Lucerne, de l'autre côté de l'Aar. Nous avons changé plusieurs fois de cantonnements, dans le même canton. Sortis de Subingen le 2 germinal pour cantonner au village d'Aschi? et à deux lieues et quart de Soleure.

8 *germinal*. — Nous sommes partis pour aller cantonner à Langenthal, bourg situé à une demi-lieue des frontières du canton de Lucerne et à dix lieues de Berne. J'ai été voir un couvent de Bernardins qui était sur les frontières du canton de Lucerne, où j'ai parlé un peu du couvent de Clairvaux; il était du même ordre de Citeaux.

Étant dans ce cantonnement, nous avons été à Soleure pour y faire l'exercice à feu. Nous avons couché le 29, en y allant, à Nider-Bipp, village dans le canton de Berne, sur la route de Bâle.

30 *germinal*. — Nous nous sommes rendus à Soleure; là nous avons fait l'exercice à feu pendant trois heures; nous étions cinq bataillons, de l'artillerie et de la cavalerie; c'était le général Schauenbourg qui commandait. Après l'exercice fini, chacun est retourné volontiers dans ses cantonnements.

6 *floréal*. — Sortis de Langenthal à six heures du matin pour aller à Zurich, nous avons logé en y allant à Olten, ville dans le canton de Soleure, sur l'Aar, où différentes routes se trouvent pour Bâle, Zurich, etc. Je dirai que lorsque nous sommes entrés dans ce canton, les Suisses avaient brûlé un superbe pont qui traversait l'Aar pour entrer à la ville de Halte; on était à le rétablir lorsque nous y avons logé.

7 *floréal*. — Partis de Olten à cinq heures du matin, nos fourriers ont été comme de coutume pour nous préparer nos logements. Lorsqu'ils se sont présentés au village désigné pour y loger quatre compagnies, on y était sous les armes et on a dit à nos fourriers de s'en retourner, que la paix n'était pas faite avec eux, et qu'ils ne voulaient pas nous loger.

C'était au village de Bagglingen, nous avons rencontré nos fourriers qui nous ont dit que si on voulait être logé, il fallait gagner les villages. Aussitôt, le plus ancien de grade des officiers des quatre compagnies, a disposé la troupe pour entrer dans les villages. On leur a envoyé demander s'ils voulaient nous loger; ils ont répondu que non et que l'on se retire, ou qu'ils allaient faire feu. Dans ce moment, on a envoyé des tirailleurs et aussitôt le feu a commencé; ils nous voyaient peu de monde et croyaient que nous serions bientôt vaincus; mais ils ont été

bien trompés, car nous les avons chassés de
leurs villages, et ils ont été en grande partie se
réfugier dans les bois. Il y en avait plusieurs
qui avaient caché leurs armes et se trouvaient
devant nous; on les renvoyait dans leurs maisons. Les femmes se sauvaient avec leurs petits
enfants au berceau; tout cela faisait pitié au
cœur humain; mais aussi toutes celles que l'on
rattrapait, on les faisait retourner dans leurs
foyers. La plupart avaient un fusil dans une
main et un chapelet dans l'autre.

Lorsqu'ils ont été repoussés hors de leurs
villages, nous sommes revenus prendre une
position en arrière. Peut-être une heure après,
ils sont venus une colonne d'environ quinze
cents hommes avec deux pièces de canon, et ont
tiré deux coups qui n'ont pas fait d'effet.   nous
est aussi venu du renfort, de l'infanterie légère
et un détachement de hussards. Réunis tous
ensemble à l'entrée de la nuit, nous les avons
mis en déroute et nous avons été maîtres de nos
cantonnements, où nous avons bivouaqué.

Ce village de Bagglingen est dans le bailliage
nommé anciennement Canton - libre - inférieur.
Nous en sommes partis le 9, à huit heures du
matin, pour aller à Zurich où nous sommes arrivés le même jour. Cette ville porte le nom du
canton où elle est située, sur le bout du lac du
même nom, et de ce lac sort une rivière qui

9

passe dans Zurich, et se nomme Limmat, et fait jonction avec deux autres rivières qui se nomment, l'une la Reuss, qui sort du canton de Lucerne, et l'autre l'Aar, qui sort du canton de Berne. Ces trois rivières sont réunies près d'une petite ville qui se nomme Brugg, et de là tombent dans le Rhin.

11 *floréal*. — Partis de Zurich [1] à midi, nous avons été loger au village nommé Thalwyl, situé sur le lac et à deux lieues de la ville, sur la droite.

12. — A deux heures du matin, nous avons été camper près le village nommé Lachen et de même situé sur le lac dans le canton de Schwytz.

13. — Partis à neuf heures du matin pour retourner sur nos pas et cantonner au village de Frienbach ; nous étions quatre compagnies, les mêmes qui s'étaient trouvées à Bagglingen. Ce village et les autres qui ont été nommés sont

1. Une entrée des troupes françaises à Zurich avait été précédée d'une proclamation qui promettait que rien ne serait demandé pour l'entretien des troupes, dont la solde et les subsides étaient, disait-elle, assurés par les convois de France. Une fois en ville, il fallut cependant faire des demandes de vivres ; elles furent justifiées par l'excuse que les convois étaient malheureusement en retard ; on fit la promesse de les rendre en nature, à l'arrivée des convois, ou de les rembourser avec les premiers fonds que le Directoire enverrait. L'agent du Directoire sanctionnait par sa présence cet engagement. Quelques jours après, un arrêté impose à la ville de Zurich une contribution extraordinaire de guerre payable dans un très court délai ; l'abus de la force était la seule raison à donner d'un pareil manque de foi. Une députation de notables se rend auprès du général commandant, pour lui faire des représentations. Le général était d'autant plus embarrassé de répondre qu'il n'était lui-même pas

sur le lac, à droite. En sortant de Zurich, nous n'avons pas été sitôt arrivés dans le cantonnement, qu'une attaque s'est formée entre les Suisses du canton de Schwytz et quelques compagnies de la 76ᵉ demi-brigade de ligne, vers les onze heures du matin. Dans le même moment, le citoyen Mondragon, qui était le plus ancien de grade des capitaines du détachement, a aussitôt donné ordre de battre les coups doubles, pour assembler les compagnies et pour marcher vers l'endroit de l'attaque. Au lieu d'aller où on se battait, ledit capitaine nous a fait monter une montagne prodigieuse, pour les prendre par derrière. Par le fait, la montagne a été franchie avec beaucoup de courage; arrivés au sommet, le commandant de la troupe a fait battre la charge. Je dirai qu'avant d'être au sommet de la montagne, nous étions déjà assaillis de coups de

coupable; il n'avait agi que d'après des ordres. Il cherchait comme la première fois, à trouver des excuses dans le retard des convois attendus de France, dans les besoins pressants de l'armée, lorsque l'orateur de la députation le tira d'embarras : « Général, lui dit-il, nous ne sommes pas venus pour vous reprocher d'avoir oublié vos engagements que sans doute on vous a obligé à violer. **ni** pour nous plaindre que la contribution soit trop forte, *mais pour vous dire, au contraire, que nous pouvons payer davantage, et pour vous prier de nous le demander.*

Puis, lui saisissant vivement la main : « *Quand vous nous aurez pris*, ajouta-t-il, *des richesses qui ont énervé notre courage et dont nos ancêtres savaient se passer, nous reviendrons dignes d'eux, nous reviendrons Suisses.* »

Nous donnons d'après les *Mémoires* du maréchal Soult (comme toujours) ce beau trait qui est à méditer en tout temps et en tous pays.

fusil. Pendant que la charge se battait, on a commencé le feu sur les Suisses, qui sont venus nous disputer le terrain ; mais il a fallu qu'ils cédent, ou ils auraient tout payé. Dans cette affaire, plusieurs pères de famille sont restés sur le champ de bataille ; après, les plus hautes montagnes ne les rassuraient plus, ils abandonnaient leurs chaumières et s'allaient retirer dans des lieux inhabitables.

Le même jour, au soleil couchant, nous avons descendu la montagne et nous sommes revenus dans notre cantonnement.

14. — Partis à deux heures du matin, pour nous disposer à de nouvelles poursuites. Nous avons pris la route qui conduit à Notre-Dame-des-Hermites ; nous avons monté une fort haute montagne, et, étant au sommet, près d'une grosse auberge, nous avons occupé la position que les Suisses avaient abandonnée la veille. Cette montagne se nomme Etzel, et est à une lieue du couvent de Notre-Dame-des-Hermites, où on la voit facilement. Dans les environs de ce couvent, on n'y récolte point de grains ; il est de même environné de montagnes couvertes de neige. Dans cette contrée, il y a des pâturages pour les bêtes à cornes ; aussi voilà ce qui les nourrit : quelques pommes de terre, du fromage et du lait.

16. — Nous sommes revenus prendre les cantonnements du 13.

21. — Partis de Frienbach à huit heures du matin, notre marche a été dirigée sur la République ligurienne en Italie. Je dirai que nous avons passé à la ville nommée Rapperswyl, située sur le lac, du côté gauche. Avant d'entrer dans la ville, il y a un pont qui a une demi-lieue[1]. Je vais citer seulement les endroits où nous avons logé; car le voyage est si long et le temps si court que je ne puis pas faire beaucoup d'observations.

21 *floréal.* — Arrivés au village nommé Thatwyl, à la pointe du jour, nous en sommes partis le 22 à huit heures du matin; nous sommes passés à Zurich à dix heures; nous avons poursuivi notre route en traversant plusieurs hautes montagnes et nous sommes venus loger dans les environs de Mellingen, bourg situé sur la Reuss dans le village où nous étions; ce village se nommait Waltenschwyl.

23. — Partis de ce village à six heures du matin, nous sommes venus loger à Aarburg, dans le canton de Berne, situé sur l'Aar, où il y a un fort assez important.

24. — Partis à sept heures du matin, nous sommes venus loger dans les environs d'Herzogenbachsee; nous étions à Niederhaus; notre compagnie de même dans le canton de Berne.

---

1. Il a une longueur de 1800 pieds.

25. — Partis à cinq heures du matin. Logé dans la ville de Berne. J'ai remarqué qu'il y avait une belle grande rue ; il est vrai qu'elle va un peu en montant, et, à la distance de quatre-vingts pieds, il y a une fontaine. J'ai vu une horloge assez curieuse : tout le temps que le marteau frappe sur la cloche, il y a auprès du cadran un tour fait comme une table ronde sur laquelle il y a des ours qui défilent la parade, avec des instruments de guerre ; il y en a qui sont montés sur des chevaux : enfin cela est amusant.

Toutes les rues de cette ville sont ornées de belles arcades où il y a toutes sortes de marchands. Au-dessus de la porte, du côté de Lausanne, la personne de Guillaume Tell est représentée.

27 *floréal*. — Partis à quatre heures du matin Logé à Morat, ville située sur le lac de ce nom.

28. — Partis à six heures du matin. Logé aux environs de Payerne ; nous étions au village de Fétigny.

29. — Partis à trois heures du matin. Logé à Moudon dans le pays de Vaux, ci-devant alliée avec Berne, et située sur le bord de la Broye. Cette ville était anciennement la capitale du pays ; on y voit encore aujourd'hui une ancienne tour qui a été bâtie du temps de Jules César.

30. — Partis à quatre heures du matin, nous sommes venus loger à Lausanne, capitale de son canton, située au pied d'une montagne, sur le bord du lac de Genève. Tous les endroits où nous sommes passés sont en grande partie des vignobles.

1er *prairial*. — Partis à trois heures du matin, nous avons suivi le lac, et sommes venus loger à Villeneuve et dans les environs. Cette ville est située sur le bout du lac de Genève ; notre compagnie était logée dans un village à une lieue de de Villeneuve, et entre des montagnes extrêmement hautes, où il y a toujours au sommet une quantité de neige.

3. — Partis à huit heures du matin, nous sommes venus loger à Saint-Maurice, dans le bas Valais.

Avant d'entrer dans la ville, on passe sur un pont qui traverse le Rhône et va tomber dans le lac de Genève.

4. — Partis à six heures du matin. Logé à Orsières dans le bas Valais, sur la route qui conduit au grand Saint-Bernard.

5. — Partis d'Orsières à sept heures du matin. Couché à Saint-Pierre, village situé sur le sentier qui conduit au mont Saint-Bernard ; c'est depuis ce village que la route ne forme plus qu'un sentier très mauvais pour marcher ; les voitures n'y peuvent plus passer qu'elles ne soient démontées,

et portées par des mulets à dix lieues, où est la cité d'Aoste

Je dirai que tous les endroits où nous sommes passés depuis Villeneuve sont situés *entre de grandes et très hautes montagnes, au sommet couvert de neige ;* mais cependant la colline est cultivée. J'ai remarqué qu'à deux lieues de Saint-Maurice il y a des rochers très élevés; à cent pieds de haut, il sort de l'eau en quantité ; en la voyant tomber ellé paraît blanche comme du lait, elle se brise sur des pierres qui sont dans le bas de ce rocher et passe dans le chemin aussi claire que du cristal. Cet endroit se nomme le Pisse-vache.

6. — Partis de Saint-Pierre, le dernier village du bas Valais, à deux heures du matin pour monter au village de la montagne du Saint-Bernard qui monte pendant trois lieues, et descend d'autant; dans cette montagne, il y a plus de neige que dans les autres. Nous avons passé par des endroits (et surtout avant d'être au couvent) où il y en avait plus de quarante pieds, mais c'est tout neige gelée. En arrivant près du couvent, nous montions à quatre pattes sur la neige ; vraiment c'est des chemins affreux ; aussi beaucoup de voyageurs meurent-ils en route.

Le couvent, qui est au sommet de cette montagne, est là pour donner du secours aux voyageurs ; il y a des chiens que j'ai vus ; ils sont extrêmement forts et instruits. Lorsqu'il fait des orages ou mauvais temps, ces chiens vont au travers des neiges sur le chemin ; ils ont au cou un linge dans lequel il y a une petite bouteille d'eau-de-vie avec un morceau de pain ; s'ils rencontrent quelqu'un qui soit tombé en faiblesse ou qui ait perdu courage et qu'il soit saisi par le froid, qu'il soit sur une roche ou ailleurs, ces chiens vont auprès, le prennent par son habillement et le remuent ; et s'il n'est pas mort, ils lui présentent le cou pour qu'il prenne ce qui est dans le linge pour lui donner des forces. Quelquefois, ils en trouvent qui sont couchés dans la neige, et comme il y. a des domestiques qui les suivent de loin, ils retournent auprès d'eux et les conduisent où les hommes sont tombés. Étant au couvent, on peut y rester un jour ; toute la troupe qui y a passé a reçu par homme un verre de vin, un petit morceau de pain et aussi de la viande salée. On a continué la route, car on aurait bien gelé si on y était resté un quart d'heure ; enfin, dans les environs de ce couvent, ce sont de véritables précipices. Notre chemin était marqué avec des morceaux de bois, sans quoi il y en aurait eu de nous qui auraient perdu la vie.

Ce jour-là, nous sommes venus loger à Saint-Oyen, village sur la route de Sardaigne. Dans ces villages, et même avant de gravir le Saint-Bernard, les habitants ne cuisent qu'une

9.

fois par an ; s'ils cuisent deux fois, c'est qu'ils sont bien à leur aise ; leur pain est épais d'un pouce et d'un pied de diamètre et dur comme du bois ; c'est le lait et les pommes de terre qui sont en grande partie leur nourriture.

7. — Partis de Saint-Oyen à cinq heures du matin, nous sommes venus loger dans la cité d'Aoste, ville de Sardaigne, frontière de la Savoie et de la Suisse.

9. — Partis d'Aoste à deux heures du matin, nous sommes venus loger à Verres, ville dans la vallée d'Aoste et de même dans la Sardaigne.

10. — Partis de Verres à trois heures du matin. Logé à Ivrée, sur la rivière nommée Doire, dans le Piémont.

11. — Partis à quatre heures du matin. Logé à Livorno.

12. — Partis à quatre heures du matin. Logé à Verceil, sur la rivière la Sesia.

13. — Partis à six heures du matin. Logé à Gailliata, à huit lieues de Milan, et à une lieue de Trecate.

15. — Partis à deux heures du matin. Logé à Vigevano, sur la route d'Alexandrie.

16. — Partis à minuit, nous avons passé le Pô à midi, et nous sommes venus logé à Voghera.

17. — Partis à deux heures du matin. Logé à Alexandrie, ville forte donnée en otage aux Français lorsque le roi de Sardaigne a fait la

paix ; cette ville est située sur la rivière de Tanaro qui passe entre la citadelle et les murs de cette ville.

19. — Partis d'Alexandrie à dix heures du matin. Logé à Novi, ville du Piémont, frontière de la République ligurienne.

20. — Partis à trois heures du matin. A sept heures nous avons passé au bas du fort de Gavi, où nous avons fait halte. Je dirai que nous sommes passés au milieu de l'armée génoise et piémontaise qui était campée dans les environs du fort de Gavi. Dans ce temps, les Liguriens avaient la guerre avec le Piémont. Le même jour, campé près de Voltagio, sur la route de Gênes.

21. — Sortis du camp à trois heures du matin. Campé à deux lieues de Gênes. C'est de là que notre premier bataillon est parti pour aller à Gênes, et notre troisième est retourné sur ses pas pour aller à Novi ; nous, nous avons couché dans ce village.

22. — Partis à trois heures du matin pour retourner sur les frontières de la République ligurienne ; nous avons logé ce jour à Voltagio.

23. — Partis à deux heures du matin, nous avons pris la traverse et avons été loger à Ovada, ville frontière de la République ligurienne, menacée par les troupes piémontaises d'être mise au pillage. Voilà pourquoi notre bataillon a été

s'emparer de la ville pour la soustraire à un pareil malheur; cette ville est entourée par deux rivières qui s'appellent Stura et Orba. Je dirai que pendant que nous étions dans cette ville, nous avons été détenus vingt-six sous-officiers en prison pour avoir fait une réclamation; nous avons été douze jours à *l'ombre*[1].

19 *messidor*. — Partis pour Camfredo, ville de la Ligurie.

20. — Partis à une heure du matin. Logé à Voltri, à huit lieues et demie de Gênes.

23. — Logé à Varazze, de même sur la mer.

24. — Logé à Savone, où il y a un port marchand; il y a aussi un fort qui défend bien son approche et peut battre la ville.

25. — Logé à Final-Borgo.

26. — Partis à deux heures du matin. Logé à Albenga. Tous les endroits où nous avons logé sont situés sur la mer.

28. — Partis à une heure du matin pour une petite ville nommée La Pième, située dans la même vallée et à six lieues de la mer. Nous avons relevé à La Pième la garnison piémontaise qui s'était emparée de cette ville au moment où ils ava'ent la guerre ensemble. La France a mis fin à cette guerre, qui ne pouvait que mettre la

---

1. A l'armée, la prison est ainsi nommée parce qu'on n'y laisse pas pénétrer de jour.

famine dans le pays. — Comme cette contrée
ressemble à la plus grande partie de la République ligurienne dont elle fait partie, je vais
faire une petite description de la situation du
pays. Ce ne sont que montagnes très hautes, la
plupart sont couvertes de châtaigniers, d'oliviers,
de figuiers et d'autres arbres à fruits de toutes
sortes d'espèces; il y a aussi de la vigne plantée
très clair et haute, parmi laquelle ils sèment du
blé et d'autres grains, qui leur servent à faire
du pain; mais ces derniers n'y sont pas très abondants. Tout ce pays est occupé en grande partie
par le commerce qui y est bon, par rapport à la
mer.

Il n'y a rien à voir de curieux dans la campagne; leurs maisons sont très antiques et toutes
voûtées, pour parer aux chaleurs qui se font
dans ce pays durant l'été. Il n'y a rien de remarquable dans leurs ménages, la plupart n'ont pas
de meubles, mais seulement un coffre pour
mettre le peu d'habillements qu'ils ont. Le dedans
des maisons est très obscur et la plupart n'ont
pas de vitres; un simple volet ferme le jour. On
n'y voit presque point de cheminées; ils font le
feu dans l'un des coins de la maison. Les deux
sexes sont vêtus assez antiquement; les femmes
et les filles portent sur la tête un grand voile
pour aller à l'église. Ce peuple est traître de son
naturel, il a toujours caché sous lui une arme

tranchante et très aiguisée, et à la moindre difficulté on est frappé de cet outil.

8 *frimaire*. — Partis de la Piève pour Gênes,
nous avons été loger à Loano; le 9, à Varazze;
le 10, à Gênes. Étant dans cette ville nous avons
fourni un détachement de trois cents hommes
pour aller s'emparer de la ville d'Oneglia, appartenant au Piémont. La garnison piémontaise a
été désarmée et envoyée à Gênes, mais de suite
on leur a envoyé leurs armes, pour partir sur
les frontières d'Italie. Ceci s'est fait au moment
de la révolution du Piémont. Le détachement
dont je faisais partie est sorti de Gênes le 20 frimaire, à une heure de l'après-midi; nous avons
logé en allant à Oneglia, à Voltri, à Savone, à
Finalborgo, à Alassio. Il y avait avec nous
trois cents Liguriens. Cette ville s'est rendue à
notre approche; nous y sommes entrés le 24 frimaire à quatre heures du soir. Le reste de notre
bataillon, qui était à Gênes, est venu nous
rejoindre le 15 nivôse; il est seulement resté à
Oneglia deux compagnies, et les autres ont
appuyé à gauche le long de la mer. Ce mouvement s'est fait le 15. Notre compagnie était à
Diano-Marino et à Alassio.

Partis de ces cantonnements le 1er pluviôse,
nous sommes venus le 5 à Gênes, lieu de rassemblement de notre demi-brigade pour en
former deux bataillons de guerre et un de paix.

Ce dernier était composé d'hommes impotents, infirmes, qui ne pouvaient plus faire campagne et complétés avec des conscrits. Les deux bataillons de guerre étaient formés d'hommes aguerris et en état de faire campagne avec une vingtaine des plus adroits des conscrits par compagnie, tirés dans le troisième bataillon. Dans cet amalgame, nous sommes devenus la troisième compagnie du premier bataillon. Cet embrigadement s'est fait à Gênes, le 8 pluviôse. Le premier bataillon est parti de Gênes le 9 pour se rendre à Reggio; le deuxième bataillon le 10, pour la même route. Je n'ai point été de ce départ, je suis entré à l'hôpital le 10; j'avais une maladie qui m'interdisait la marche.

20 *ventose*. — Partis de la ville de Gênes pour me rendre à Reggio.

En quittant le pays de la Ligurie, je laisse un pays assez abondant en oliviers, châtaigniers; ils récoltent aussi une certaine quantité de vin et de grains; la plus grande occupation des habitants est le commerce. Ils élèvent quantité de vers à soie nourris par les mûriers qui poussent dans ce pays. — Me voilà entré dans le Piémont en sortant de Novi; j'ai logé le 23, à Tortone, ville fortifiée et accompagnée d'un fort assez considérable, sur une hauteur qui commande la ville; le 24, à Voghera; le 25, à Castel-San-Giovani, bourg dépendant du roi d'Espagne; le 26, à Plaisance,

belle grande ville au roi d'Espagne, magnifique-
ment bâtie. Il y a là une superbe place sur laquelle sont placés deux piédestaux sur lesquels
sont deux chevaux en bronze avec leurs guerriers.

Elle est très bien décorée par de belles
maisons; les rues sont très larges et bien pro-
portionnées. Autrefois, cette ville était fortifiée,
mais il ne reste plus que de vieux remparts qui
tombent en ruine.

27. — Logé à Borgo-San-Domino, de même
dans les États du roi d'Espagne.

28. — A Parme, appartenant au duché de son
nom; la rivière du même nom, Parma, passe
dans ladite ville et la partage en deux parties
inégales; la construction en est assez belle, les
rues larges, il y a aussi d'assez jolies places.

29. — A Reggio, ville grande et bien peuplée,
maintenant à la République cisalpine; il y a
une belle place, des rues très larges; elle était
autrefois fortifiée, maintenant il existe encore
une vieille citadelle qui tombe en ruines et qui
ne pourrait pas tenir longtemps. J'ai eu séjour
dans cette ville.

1er *germinal.* — A Modène; la ville est plus
longue que large; les rues sont larges, les maisons assez élevées et d'une belle construction;
il y a de belles grandes places. Cette ville est
encore actuellement un peu fortifiée.

3. — A Buondeno, village dans les environs de Ferrare.

4. — A Finale, bourg sur le canal de la ville de Modène.

5. — A la Mirandole, petite ville assez bien faite où il y a une belle place.

6. — A Saint-Benedetto, village à cinq lieues de Mantoue.

7. — A Mantoue, belle grande ville très peuplée ; elle est environnée de grandes pièces d'eau qui défendent son approche d'une demi-lieue ; du côté où l'eau n'est pas d'une aussi grande largeur, il y a de fortes citadelles qui défendent la ville ; les alentours de cette place, aussi bien que les forts ,sont garnis de nombreux gros canons qui rendent cette ville imprenable, autrement que par la famine. Le fleuve nommé Pô passe dans ses murs, et lui donne quantité d'eau ; la construction des maisons est belle, on y trouve de belles places. J'y ai vu un beau pont couvert et construit tout en pierres de taille ; il y a sur ce pont sept à huit moulins très bien construits. Cette place appartient à la République cisalpine ; elle a été prise par les Français qui étaient commandés par Bonaparte, dans le courant du mois de pluviôse an V.

Le 8, j'ai passé à Villefranche, sur la route de Vérone, où j'ai trouvé notre bataillon qui était campé à deux lieues et demie de la ville, près de la route. Ils y étaient venus après l'affaire du 6 germinal, auquel jour ce terrible fléau de la guerre s'est rallumé avec l'empereur. Notre division, commandée par Montrichard, a fait son attaque près du village de Legnago, situé sur l'Adige. L'attaque a été vive au premier abord de notre part; il a semblé avant midi que la victoire nous était annoncée ; mais, comme le destin ne décide pas en un instant, nous avons vu, vers les trois heures du soir, que nous avions eu affaire à un corps d'armée autrichien qui égalait le nôtre. Sur le soir, un renfort leur est arrivé ; c'est à ces derniers, réunis aux premiers, qu'il a fallu céder la victoire qui nous avait été favorable toute la journée. Beaucoup de fossés remplis d'eau nous ont fait éprouver quelques pertes. Je ne dirai pas les pertes des autres corps, j'ai vu, celles de mon bataillon qui se montaient à 148 hommes hors de combat, y compris dix officiers et dix sous-officiers. En attendant le siège, nous avons fait plusieurs mouvements à droite et à gauche le long de l'Adige, où le corps d'armée autrichien était bien retranché.

Voilà le 16 germinal arrivé[1]. Vers les dix heu-

1. Le 16 germinal correspond au 5 avril 1799. Le maréchal Soult résume ainsi cette suite de revers due à l'incapacité du général Scherer: « Le général Scherer partait des places de Mantoue et de Peschiera, sur la ligne de Mincio; il commença ses opérations, le 26 mars, pour forcer la ligne de l'Adige. Il opérait sur trois colonnes : celle de gauche, commandée par le gé-

res du matin, l'ennemi s'était mis en marche pour nous attaquer ; le général en chef donna ordre à toutes nos troupes de se mettre en marche pour de même attaquer l'ennemi, ce qui a été exécuté sur-le-champ. Aussitôt, nous avons rencontré les colonnes autrichiennes ; le feu a été vif dans les deux partis ; au premier abord, il semblait que notre division allait céder à la force de la colonne autrichienne.

Le soldat n'a pas mesuré sa force sur celles de son ennemi, mais sur son courage ; il a mis la colonne ennemie en déroute, en lui faisant quelques cents de prisonniers. Nous les avons pour-

néral Moreau, réussit. Elle passa l'Adige au-dessus de Vérone, coupa la droite de l'armée autrichienne, et elle était à même de poursuivre ses succès vers Vicence, si elle avait été soutenue ; mais les autres divisions du centre et de la droite, que le général Scherer commandait en personne, se firent battre par l'ennemi. Cependant, le succès que venait de remporter le général Moreau suffisait pour que le restant de l'armée pût s'appuyer sur lui, le rejoindre, marcher sur Vicence, rejeter les Autrichiens sur la Brenta, et les séparer des places de Vérone et de Legnago. Le général Moreau donnait ce conseil au général Scherer ; mais, au lieu de le suivre, celui-ci eut la singulière idée de rappeler le général Moreau sur la rive droite de l'Adige, pour recommencer par sa droite la même opération, quatre jours après. Cette fois la leçon fut plus sévère ; on y perdit une partie de la division Serrurier, qu'une nuit de faux mouvements compromit sur la rive gauche de l'Adige, et qui, entourée par des forces supérieures, finit par être accablée.

« Enfin, une troisième tentative, faite le 5 avril, fut encore moins heureuse. Malgré des succès, d'abord remportés au centre par le général Moreau, la droite de l'armée fut tournée, à la fin de la journée, par une manœuvre habile du général Kray. Il y avait tant d'incohérence dans tous les mouvements, que cet échec ne put être réparé ; le désordre vint s'y joindre, et l'armée entière

suivis aux portes de Vérone ; mais la retraite des autres divisions nous a bientôt appris que nous devions aussi nous y disposer pendant la nuit, et nous retirer dans les environs de Mantoue, ce qui a été fait dans la nuit du 16 au 17, car un corps considérable de l'armée autrichienne s'avançait pour couper notre retraite au delà de Mantoue.

Nous sommes arrivés à sept milles de Mantoue vers les minuit, dans la nuit du 17 au 18. Sur le croisement de la route qui conduit à Villefranche, le 18, nous avons fait un mouvement pour appuyer à gauche de Mantoue. Nous sommes venus camper près d'une petite ville située sur le Mincio ; elle est environnée de fortes positions. Lorsque la garnison de Mantoue a été établie

---

précipita sa retraite, non pas seulement derrière le Mincio, où le général Scherer aurait pu tenir, à l'appui des places de Peschiera et de Mantoue, mais derrière l'Adda.

« La journée de Magnano décida du sort de l'Italie. Dix jours avaient suffi pour réduire l'armée à moins de trente mille combattants, pendant que d'un autre côté, toutes les troupes éparpillées, depuis le Pô jusqu'à Naples, étaient non seulement trop éloignées pour lui amener des renforts en temps utile, mais se trouvaient elles-mêmes, de jour en jour plus compromises. En même temps l'armée ennemie avait remplacé toutes ses pertes et elle acquérait une supériorité de plus en plus grande, par les renforts qu'elle recevait à tout instant ; elle était, en outre, à la veille d'être rejointe par l'armée russe, qui arriva sur l'Adige, le 15 avril.

« L'exaspération de l'armée, dont le courage avait été si mal employé, était au comble, et elle eût produit des actes d'indiscipline et de désobéissance, si le général Scherer fût resté. Il le comprit, il partit pour Milan, sous prétexte de diriger les levées extraordinaires qu'on y faisait, et ne revint plus. Il avait remis, avant son départ, le commandement au général Moreau. »

dans ses postes, l'armée s'est mise en mouvement et a passé le Mincio pour aller se montrer
dans la plaine où Bonaparte a eu de grands
combats, lorsqu'il a fallu cerner la ville de Mantoue. Nous sommes restés dans cette plaine, qui
aboutit sur la rive du Mincio, jusqu'à huit heures
du soir. C'était la nuit du 20 au 21 que notre
colonne a commencé son mouvement pour la
retraite, le soir du 21 vers les six heures, par
un temps abominable, une pluie continuelle qui
ne cessait de tomber et nous traversait jusqu'aux os. Nous avons campé près la petite
ville d'Asola ; ses alentours sont garnis de bastions qui n'étaient pas entretenus.

22 *germinal.* — Campé à trois mille de Pontevico ; le 24, nous sommes venus camper en avant
de cette petite ville, située sur le bord de la rivière
nommée Oglio, sur la route de Brescia et Milan.
Dans ce moment, nous étions d'arrière-garde ;
nous avons coupé les routes pour empêcher la
colonne autrichienne de nous poursuivre de si
près.

25. — Nous avons passé l'Oglio sur un pont-
levis qui était au bas d'une ancienne citadelle ;
les troupes et les bagages passés, on a démonté
le pont en le faisant glisser dans l'eau. Ce jour-
là, nous sommes venus au village de Robecco,
situé sur l'Oglio et à un mille de Pontevico, sur
la grande route de Milan. La nuit du 25 au 26,

nous nous sommes mis en marche et nous sommes arrivés à Palazzolo le 26 au soir. Il faut observer que la colonne autrichienne prenait des détours et suivait les montagnes de la Suisse italienne et ne cherchait qu'à nous couper notre retraite.

28. — Nous avons fait un mouvement en avant de Palazzolo, à six mille dans les montagnes, près le lac d'Isco.

29. — Nous sommes revenus à Palazzolo; le 30, nous en sommes repartis pour nous former sur la ligne en bataille, en avant dudit lieu. Le général en chef Scherer nous a passés en revue. Nous avons passé la nuit dans ce même emplacement. Je dirai que la ville de Palazzolo est située sur l'Oglio et sur la grande route de Brescia. En partant, les ponts ont été coupés et renversés dans la rivière.

2 *floréal.* — Nous avons fait un mouvement pour nous retirer en arrière de Palazzolo, où nous avons campé, sur les bords de l'Oglio; nos avant-postes ont eu quelques petites affaires avec l'ennemi, qui s'est venu présenter pour passer le pont où étaient nos canonniers, pour le faire sauter par des mines; on est parvenu à le faire sauter vers les dix heures du matin.

La nuit du 4 au 5, à neuf heures du soir, notre division, qui était celle du général Serrurier, s'est mise en marche et a été dirigée vers la

ville de Bergame. Nous avons passé une nuit
affreuse dans l'eau et la boue jusqu'aux genoux,
et, pour la faire complète, une pluie continuelle
nous arrosait. Nous sommes passés dans la ville
de Bergame, à onze heures du matin, le 5. Cette
ville est très considérable, belle, et riche : on y
construisait une fort belle place; elle est divisée
en ville haute et ville basse. La ville haute est
fortifiée et a de fort belles positions dans ses
environs, sur des hauteurs considérables. Notre
division ne s'y est point arrêtée; une partie sou-
tenait l'arrière-garde, qui était suivie[1] des troupes
russes. Le même jour, notre colonne a continué
sa marche jusqu'à cinq heures du soir; nous
sommes arrivés sur le bord du lac, où nous
avons passé la nuit dans des espèces de petits
hameaux environnés de montagnes fort hautes.

Le lendemain 6 courant, à quatre heures du
matin, nous avons repris notre marche vers le pont
de Lecco, et toujours suivis de près par l'avant-
garde ennemie. La ville de Lecco est environnée de rochers très hauts; elle est située sur
le bord du lac. Notre division a passé le pont le
jour où l'ennemi y est arrivé. Une partie de
notre division a gardé la tête du pont, et l'autre
partie s'est étendue sur les bords de la rivière,
pour correspondre avec la division du général

1. L'armée russe avait fait sa jonction. Voir page 164.

Delmas; notre bataillon était de cette partie; nous tenions dans ce moment la droite de la division. Nous sommes venus prendre notre position, la nuit du 6 au 7, à Vaprio, où nous sommes arrivés à onze heures du matin. Cette ville est située sur le bord de la rivière nommée l'Adda; elle est forte par sa position; il y avait un pont volant établi qu'on a fait couler à fond lorsqu'on a quitté la rivière.

Vers les deux heures de l'après-midi, une colonne assez considérable de l'armée autrichienne a fait un mouvement pour se disposer à passer la rivière pendant la nuit, ce qui leur a été facile, car la rivière n'était presque pas gardée. Vers les quatre heures du matin, comme notre bataillon était à bivouaquer dans un village à une lieue et demie de Vaprio, une ordonnance est venue dire au général qui commandait ce poste, que l'armée autrichienne avait passé la rivière[1] toute la nuit et dirigeait sa marche sur Milan. Aussitôt, il nous fut ordonné de nous retirer sur Vaprio, pour nous joindre à la division du général Delmas, en laissant de distance en distance des compagnies en échelons, jusqu'à ce

1. Il s'agit ici du passage de l'Adda par la droite de l'armée ennemie qui s'était portée vers le point oriental du lac de Côme et qui isola la division Serrurier du restant de l'armée. L'attaque générale de l'ennemi triompha sur les autres points, et l'armée française se vit réduite à la retraite après avoir perdu le tiers de son effectif et une centaine de canons.

que nous ayons trouvé une route de Vaprio à Milan, qui était déjà coupée par l'ennemi. Le combat
s'est aussitôt engagé sur la rive gauche de l'Adda,
dans les environs de Vaprio et Casale ; il a été
opiniâtre des deux côtés. Le général Delmas est
venu ordonner aux bataillons qui soutenaient
l'attaque, qui étaient les nôtres et un de la 3e demi-brigade, de foncer sur l'ennemi, et il a dit
que sa division allait arriver pour nous soutenir.
Aussitôt l'ordre donné, les deux bataillons se
sont mis en marche pour l'exécution ; dans l'instant la victoire nous a souri en leur faisant environ deux cents hommes prisonniers ; mais, dans
le même moment, un renfort considérable leur
étant arrivé, ils ont forcé le bataillon qui était à
notre droite, sur le bord de la rivière, et ils n'ont
pas tardé à prendre le nôtre par le flanc et le
front. Dans ces démêlés plus chauds qu'à l'ordinaire, j'ai reçu une balle qui m'a traversé l'avant-
bras gauche et m'a mis hors du combat, d'où je
me suis tiré avec beaucoup de peine, car nous
étions pris de tous les côtés.

Mais la division est arrivée dans ce moment
et nous a donné du large ; la journée est devenue
terrible aux deux partis. Dans un moment où la
division Delmas a donné, elle a repoussé l'ennemi à la tête du pont ; il y avait un village où
l'ennemi était retranché dans les murs des jardins, et nos gens étaient tout autour ; l'ennemi

10

voyant qu'il ne pouvait plus tirer à cause de la
hauteur des murs, prit les pierres des murs pour
les jeter sur la tête des Français, mais l'ardeur
républicaine qui bouillait dans les veines des
soldats, ne souffrit pas longtemps l'insulte des
Allemands; aussitôt entrés dans le village la
baïonnette en avant, ils en renversèrent une
grande quantité et firent sept cents prisonniers.
Les rues du village ont été ce jour-là abreuvées
du sang des Allemands, car le sang ruisselait
dans lesdites rues, comme lorsqu'il tombe un
orage.

Le combat n'a cessé que lorsque la nuit a
tendu ses voiles dans les environs où il avait
commencé. Mais on s'est retiré sur Milan; la
ville de Casale en est encore à sept lieues et
une partie des blessés a été obligée de suivre la
colonne; les routes étaient interceptées. Nous
sommes arrivés dans les environs de minuit à
Milan, du 8 au 9. La colonne a passé à Milan
entre huit et neuf heures du matin, le 9. Quoique
nos plaies n'aient point été pansées et que la
marche nous fit de grandes douleurs, nous avions
préféré suivre notre colonne qui venait sur les
bords du Tessin que de nous voir prendre prisonniers par des troupes inhumaines. Il n'est
resté que de la troupe au château de Milan.

C'est sur les bords du Tessin que j'ai quitté
avec regret mes compagnons de misère, mais

ma blessure le demandait. J'ai laissé en partant, après trois batailles, un fourrier, un caporal et six fusiliers, dans ma compagnie qui était, le 6 germinal, composée de cent dix hommes.

Notre armée de Mantoue est obligée, par une force supérieure d'ennemis, d'évacuer cette partie de l'Italie, et de se retirer sur les villes fortes du Piémont. Les hôpitaux n'étant plus assez considérables pour contenir tous les blessés, il faut donc rentrer en France.

Avant de quitter cette partie de l'Italie, je veux faire une petite description sur la situation des habitants et sur la fertilité des terres de cette contrée. Depuis le Mont-Cenis à Mantoue, c'est un terrain plat et sablonneux ; il est planté de toutes sortes d'arbres, mais ce sont les mûriers qui dominent; la vigne y est t... commune et est plantée aux pieds de tous ces arbres ; elle produit d'excellents vins ; on y voit dans aucunes contrées les vignes attachées au-dessus de fort gros arbres, et cette vigne rapporte une quantité considérable de raisins. Les habitants du pays coupent tous les ans les branches de ces arbres pour faire cuire leurs aliments.

Ils sèment sous ces vignes des grains de toutes sortes d'espèces qui y viennent encore assez bien par rapport aux arbres et aux vignes qui leur donnent de la fraîcheur, sans quoi ils ne pourraient rien récolter à cause de la grande

chaleur du pays. Dans le Piémont et autres contrées, ils sèment beaucoup de riz qui fait une
partie de leur nourriture qu'avec le vermicelle;
enfin ils ne se nourrissent presque qu'avec des
pâtes. L'occupation de ces habitants est en
grande partie le commerce, et l'élevage des vers
à soie qui leur fait avoir une grande quantité de
manufactures. Il y a, dans cette partie de l'Italie,
d'assez beaux sexes des deux côtés, mais extrêmement jaloux et traîtres. Il y a aussi de fortes
rivières et des médiocres qui arrosent les plaines
de riz. La construction des maisons est assez
agréable, elles sont presque toutes voûtées, mais
les vitres y sont rares, car à peine peut-on avoir
des verres pour boire.

Dans cette contrée sont enfermés plusieurs
petits États et républiques, ce qui fait qu'il y a
plusieurs monnaies, mais qui ne valent pas
celle de France, excepté celle du Piémont qui
vaut mieux. Autrefois, ce pays était fort riche,
mais il a eu affaire à plusieurs maîtres qui lui
ont ôté toute sa richesse, et la guerre a achevé
sa ruine.

Je ne ferai pas grande observation sur les
endroits où j'ai passé, ayant évacué de Milan à
Dijon.

Le 5 prairial, nous sommes arrivés à Dijon,
lieu de destination pour les blessés; nous
sommes entrés à l'hôpital militaire, tout nou-

vellement préparé pour recevoir les blessés qui arrivaient tous les jours en grand nombre.

Je suis resté onze jours à cet hôpital de Dijon, où ma plaie a été pansée deux fois par jour. Pendant ce temps, j'ai fait plusieurs demandes aux officiers de santé pour obtenir une convalescence. Comme je n'étais plus qu'à vingt-quatre heures de mon foyer et qu'il y avait sept ans que je n'étais rentré chez moi, je me suis vu avoir un peu d'espoir de revoir encore une fois mes père et mère, ainsi que mes autres parents. J'ai reçu des officiers de santé de l'hôpital militaire de Dijon, une convalescence de deux décades pour aller cicatriser ma plaie dans mes foyers; elle m'a été délivrée le 16 prairial. Je me suis rendu le 19 à Longchamp en passant par Langres; de là j'ai pris la traverse pour couper au plus court. Je suis donc arrivé la veille de la fête que l'on célébrait pour les plénipotentiaires qui avaient été égorgés à Rastadt.

Le commissaire du pouvoir exécutif et le président m'ont fait l'honneur de me mettre de la cérémonie; ils m'ont rendu les honneurs en m'envoyant chercher par un détachement de la garde nationale; de suite on m'a offert une place d'honneur qui était à côté du président, que j'ai acceptée. Après la cérémonie, j'ai été admis au repas que les administrateurs se donnaient. J'ai été reçu avec toute la pompe et les honneurs dus

10.

à un défenseur qui n'avait jamais abandonné son drapeau.

Ma convalescence étant expirée et n'étant point en état d'aller rejoindre, je suis allé voir l'officier de santé du canton ; ne trouvant pas mon bras assez bien rétabli, il me donna un délai de six décades, lesquelles étaient finies le 30 fructidor, j'ai demandé ma feuille de route pour aller rejoindre mon corps et partager avec mes anciens camarades, l'honneur que j'ai partagé déjà, l'espace de sept ans. J'espère que l'Être suprême bénira nos travaux pour le salut de toute la France.

Je suis parti de Longchamp le 1er vendémiaire an VIII de la République, pour aller rejoindre mon corps sur les frontières d'Italie.

Mon départ fut retardé d'un mois à Chaumont où je suis resté pour montrer l'exercice à une compagnie de conscrits de ce département. Après l'organisation de ce bataillon, j'ai repris ma route pour la frontière d'Italie. Je suis parti de Chaumont le 16 brumaire de l'an VIII, accompagné de mon jeune frère qui avait quitté le 9e chasseurs à cheval, pour venir prendre du service dans la 3e demi-brigade de ligne qui était en ce moment en Italie.

Nous avons fait la route assez agréablement

de Chaumont à Aix en Provence. Je passerai
sous silence les étonnements de mon frère pendant cette route, de se trouver dans une contrée
si déserte et aussi peu fertile, sous les rochers de
la Provence. J'en ferai une petite description.

Après avoir parcouru plusieurs contrées de la
Provence, étant rendus à notre dépôt, à Aix, le
21 frimaire, nous avons été à trois lieues de là,
sur la Durance, à un village nommé Peyrolles,
jusqu'au 1er thermidor. Nous étions là pour faire
rejoindre les conscrits et les réquisitionnaires ;
aussi pour y empêcher les assassinats que des
bandes de brigands exerçaient souvent dans
plusieurs de ces contrées ; en un mot, ces bandes
de scélérats portaient la désolation chez plusieurs
pères de famille. Nous sommes partis d'Aix le
5 thermidor pour nous rendre dans une autre
contrée de la Provence, une ville nommée Draguignan, où nous sommes arrivés le 9. Cette
ville est située au milieu d'une plaine environnée
de hautes montagnes ; la contrée est charmante,
on y voit une quantité prodigieuse d'oliviers;
les coteaux qui environnent la ville forment un
amphithéâtre planté d'oliviers qui forment une
tapisserie, verte hiver comme été, ce qui réjouit
la vue, et donne un beau coup d'œil La plaine
qui environne la ville est plantée de vignes entre
lesquelles on sème plusieurs sortes de grains et
de légumes.

Les eaux y sont très bonnes, la contrée étant abreuvée par des fontaines venant des montagnes. La ville est fermée par une simple muraille, très haute ; les rues sont d'une largeur proportionnée à leur longueur, mais bien mal entretenues comme propreté ; on y laisse pourrir toutes sortes d'herbes venant des montagnes pour faire des engrais pour la terre. Dans la Provence, il y a très peu de *commodités*, ce qui fait qu'on jette toutes les ordures dans les rues ; c'est ce qui rend le pays malsain ; on y respire de mauvaises odeurs. On rapporte qu'ils ne se donnent pas l'aisance des *commodités* à cause de la quantité des conduits de leurs fontaines qui traversent leurs habitations. — Les maisons sont d'une assez belle construction, hautes de trois étages, plus ou moins ; les habitants sont grossiers naturellement et peu humains. (Qu'ils se le disent !) Ce qui fait remarquer leur peu d'humanité envers leurs concitoyens, c'est que dans ces contrées et même dans toute l'étendue de la Provence, il s'y produit une réelle quantité considérable de brigands qui ne cessent d'assassiner journellement les voyageurs sur les grandes routes. Je me suis laissé dire que cela s'était fait de tout temps, mais cependant pas aussi souvent que maintenant

Le costume des hommes n'est pas bien différent de celui de notre pays : la mode est de porter presque tous des vestes; les femelles s'habillent presque comme ici, sinon que leurs jupes sont fendues par derrière; leur caractère n'est pas meilleur que celui des hommes.

La manière dont je dépeins la contrée de Draguignan servira de modèle pour toute la Provence plus où moins fertile en aliments de tout genre. Je me rappelle que l'air de la campagne y est plus chaud que dans nos pays ; les récoltes s'y font de meilleure heure qu'ici, mais aussi ils plantent tout l'été, car la culture ne pourrait jamais alimenter la population retirée en ce pays. Le pain y est presque toujours à quatre et cinq sous la livre de quatre onces. Le vin y est à bon compte, mais les orages y sont fréquents ; aussi leur terre cultivée est-elle souvent ravagée. Le grain qu'ils récoltent, ils le font fouler aux pieds des mulets et des bœufs pour en retirer les semences.

Je dirai que les maux que j'ai endurés depuis huit années de service militaire pour ma patrie, ont été marqués jour par jour par de nouveaux sacrifices que je ne peux oublier. Ces souffrances ont été renouvelées à plusieurs époques. Ainsi je vais, dans cette feuille, tracer une esquisse de ce qui s'est passé à Gênes pendant le blocus.

Je dirai donc que notre ennemi, voulant nous ôter tout espoir de retourner en Italie, a réuni de grandes forces pour investir Gênes et enfer-

mer notre armée. Après plusieurs combats sanglants de part et d'autre, et à plusieurs reprises
notre ennemi nous ayant forcé notre ligne sur
Savone (il nous a coupé la communication que
nous avions encore sur terre), et les Anglais
croisant sur mer où l'on ne pouvait que difficile-
ment passer, nous voilà donc obligés de nous retirer sous la ville de Gênes, en attendant
quelques renforts qui n'arrivèrent pas assez tôt.
Il faut donc comprendre la misère que nous
avons soufferte dans ce blocus. Si les habitants

---

1. « Le tableau de la situation de Gênes, dans les derniers jours
du siège, a déjà été tracé tant de fois et est devenu si célèbre,
dit le maréchal Soult, que je puis me borner ici à le rappeler.
Les horreurs de la faim, dans une ville de cent soixante mille
âmes, dépassent tout ce que l'imagination peut se représenter de
plus hideux. On avait dévoré tous les animaux, jusqu'aux chiens
et aux rats; on fabriquait, sous le nom de pain, une composition
d'amandes, de graine de lin, de son et de cacao, qu'on a com-
parée à de la tourbe imbibée d'huile, et que les chiens mêmes ne
pouvaient pas supporter; la ration consistait en deux onces de
cet affreux mélange. Enfin, le 15 prairial (le 4 juin), il n'en restait plus une once pour chacun; il ne restait plus quoi que ce fût,
qui pût être mangé, pas même la nourriture la plus immonde. Il
n'en restait pas plus pour l'armée que pour les habitants qui,
tous les jours, mouraient par centaines. L'armée, si on pouvait
encore lui donner ce nom, ne comptait pas trois mille hommes en
état de tenir un fusil; car leur faire faire le moindre mouvement, était absolument impossible; les sentinelles ne pouvaient
faire leur faction qu'assises. Le lendemain, elles n'auraient pas
pu le faire, tous soldats et habitants, seraient morts d'inanition.
« Ce fut ce jour-là seulement que le général Masséna consentit
à écouter les propositions qui lui étaient faites, depuis plusieurs
jours, par les généraux ennemis, dans les termes les plus hono-
rables. La conférence entre le général Masséna, les généraux
autrichiens Ott et Saint-Julien et l'amiral Keith commandant
l'escadre anglaise, se tint au milieu du pont de Cornigliano, sur

de la nation doivent une reconnaissance à ses défenseurs, ils la doivent en particulier aux troupes qui composaient la garnison de Gênes, soit par leurs souffrances, soit par leur intrépidité à défendre la ville malgré le manque de nourriture. Un peu de pain fabriqué avec de la paille hachée, du son, du cacao, un peu de miel pour pouvoir lier ce mélange ensemble ; et quand on le retirait du four tombait-il en poussière. La viande était du mulet bien maigre ; les chiens et les chats faisaient nos meilleurs repas. Grâce au jus de Bacchus ! sans cela nous serions tous restés pour otages sous les murs de Gênes. Si la ville a capitulé, c'est le défaut de vivres et la grande mortalité qui en a été la seule cause. Au moment

le Bisagno, et le général Masséna y apporta toute la fermeté de son caractère. Il commença par ne pas vouloir admettre l'emploi du mot *capitulation* , et la seule expression à laquelle il consentit, fut celle de *négociation, pour l'évacuation de Gênes*. L'armée sortait librement de Gênes, avec armes et bagages, pour rentrer en France, sans engager sa parole ; huit mille hommes prer lraient la route de terre ; le surplus, ainsi que les hôpitaux, le matériel et tout ce qui appartenait à l'armée. serait transporté par mer à Antibes. Cette clause de la marche, par terre, de huit mille hommes, fut sur le point de faire rompre la négociation. Le général Ott ne voulait pas y consentir, afin de retarder la réunion de cette colonne à l'armée française. Le général Masséna rompit la conférence : « A demain, messieurs, » leur dit-il. Cependant il savait bien qu'il était hors d'état d'accomplir sa menace. Cette fermeté réussit ; mais le général Masséna était surtout secondé par les ordres pressants que le général Ott venait de recevoir du général Mélas, et qui lui prescrivait de ne pas perdre un instant pour lever le siège et pour conduire son corps d'armée à Alexandrie. »

de la capitulation, on recevait par homme six onces de cette mauvaise fabrication de pain, mais toujours une bouteille de vin.

La capitulation a été honorable pour nous; nous avons emmené autant d'artillerie qu'il nous a été possible, tous nos bagages et autres armements; tous nos malades et nos blessés ont été apportés en France sur les bâtiments anglais.

C'est après la fameuse bataille de Marengo que les Français sont rentrés à la ville de Gênes et qu'il y a eu une suspension d'armes, pour en venir à une conclusion de paix; de sorte que l'ennemi a eu la ville de Gênes trois jours en possession; puis elle a été rendue par arrangement avec six autres villes et forts.

Dans ce moment, étant revenus à Draguignan à notre dépôt, nous avons été envoyés à Digne, dans les Basses-Alpes, pour y prendre les eaux thermales où j'en ai fait usage sans en être soulagé, de sorte que j'ai été renvoyé dans mes foyers, le 5 vendémiaire an IX. Je suis arrivé à Longchamp-sur-Laujon le 29 vendémiaire.

OFFICIERS D'ARTILLERIE.

D'après une gravure publiée à Augsbourg en 1802.

11

HUSSARD.

D'après une gravure parue à Augsbourg en 1802.

DRAGON ET HUSSARD.

D'après une gravure publiée à Augsbourg en 1802.

CHASSEURS A PIED.

D'après une gravure publiée à Augsbourg en 1802.

CHASSEUR A CHEVAL.

D'après une gravure publiée à Leipzig en 1794.

GÉNÉRAL DE DIVISION.

D'après une gravure du temps.

SUPPLÉMENT

I

LA LEVÉE EN MASSE

Extrait des *Mémoires sur Carnot*

Le projet d'une levée en masse avait fait hésiter d'abord la Convention : il l'étonnait par sa hardiesse ; elle le renvoya à l'examen du Comité de salut public. C'était le 12 août. Le 14, Carnot fut adjoint au comité ; le 16 le décret fut rendu au milieu des acclamations universelles ; le 23, une loi organisa en ces termes la *réquisition permanente de tous les Français pour la défense de la patrie* :

« Les jeunes gens iront au combat ; les hommes mariés forgeront les armes et transporteront les subsistances ; les femmes feront des tentes, des habits, et serviront dans les hôpitaux ; les enfants mettront le vieux linge en charpie ; les vieillards se feront porter sur les places publiques pour exciter le courage des guerriers, prêcher la haine des rois et l'unité de la République;

« Les maisons nationales seront converties en casernes, les places publiques en ateliers d'armes; le sol des caves sera lessivé pour en extraire le salpêtre;

« Les armes de calibre seront exclusivement remises à ceux qui marcheront à l'ennemi : le service de l'intérieur se fera avec des fusils de chasse et l'arme blanche;

« Les chevaux de selle sont requis pour compléter les corps de cavalerie; les chevaux de trait et autres que ceux employés à l'agriculture conduiront l'artillerie et les vivres.

« Le Comité de salut public est chargé de prendre les mesures nécessaires pour établir sans délai une fabrication extraordinaire d'armes de tous genres, qui réponde à l'élan et à l'énergie du peuple français. »

La France offrit bientôt à ses adversaires le tableau que Barère avait ainsi tracé d'avance.

A Valmy, à Jemmapes encore, l'armée régulière avait joué l'unique rôle; mais, à dater du temps que nous racontons, elle fut absorbée par la multitude des volontaires et des réquisitionnaires. Désormais la République sera moins servie sur les champs de bataille par des militaires de profession que par des citoyens destinés à quitter l'uniforme après l'accomplissement de leur croisade : grand exemple qui révéla aux Français leur aptitude à acquérir promptement les quaités du soldat. Ce n'est pas que, dans les premiers moments, ces conscrits qui ne savaient pas tenir leur arme, qui s'élançaient follement et se débandaient au moindre choc, ne donnassent de la tablature aux généraux ; la correspondance des représentants est toute semée de plaintes et d'inquiétude à leur sujet ; mais leur noviciat ne fut pas long : « Dès la fin d'août, dit Jomini, les effets de la nouvelle levée se firent sentir ; le déblocus de Dunkerque et celui de Maubeuge en furent les premiers résultats, et la grande réquisition acheva de nous assurer la supériorité.. »

Il faut ajouter que cette grande réquisition rencontra moins de difficultés que le recrutement de trois cent mille hommes au mois de mars précédent. Le mouvement révolutionnaire s'était étendu, et l'idée républicaine que tout citoyen doit le service à son pays avait gagné les esprits.

Toutefois, ce n'est pas avec des bandes tumultueuses que la France aurait vaincu l'Europe ; il fallait que la nation se transformât en armée.

C'est alors que se déploya surtout l'activité de Carnot.

Il s'agissait d'organiser, selon le principe d'u-

11.

nité, une multitude aussi peu homogène dans ses éléments que dans sa constitution.

Elle se composait d'anciens soldats et de conscrits amenés, soit par la levée des trois cent mille hommes, soit par la levée en masse, sans compter les engagés volontaires de toutes les dates, les débris des compagnies franches et les étrangers.

Certains corps étaient restés comme avant la Révolution, tandis que plusieurs généraux avaient formé les leurs en demi-brigade selon le mode nouveau ; puis il existait des légions françaises ou étrangères, mélange de toutes armes. Il y avait des bataillons aguerris, expérimentés, d'autres entièrement novices ; il y avait des différences considérables d'effectif entre les corps de même espèce ; il y avait des grades irrégulièrement acquis et en nombre exagéré ; des soldats incorporés à la hâte, sans qu'ils fussent aptes au service ; les états manquaient à peu près complètement. Quant à l'irrégularité des fournitures et de la comptabilité, on aurait de la peine à s'imaginer ce qu'elle était.

Par quel moyen ce chaos fut-il débrouillé ? c'est ce que nous ne pourrions dire sans surcharger une simple biographie, de détails qui appartiennent à l'histoire générale de l'armée française.

Ce qui est certain, c'est que cette armée ne tarda pas à devenir la plus homogène de l'Europe.

Effacer toute distinction extérieure fut un des
premiers objets de sollicitude. La troupe de ligne
avait en grande partie conservé l'ancien uniforme
blanc, tandis que les nouveaux arrivés portaient
l'habit national : source féconde en mésintelli-
gences. Dès le 29 août, un arrêté prescrivit l'unité
du costume.

L'arme du génie reçut une organisation nouvelle, dont Carnot s'occupa tout spécialement.
Les nombreuses compagnies de canonniers volontaires, qui s'étaient formées et remarquablement
bien exercées, furent incorporées dans l'artillerie.
On réussit même à improviser une cavalerie. La
disette des chevaux était extrême : des achats
faits dans toutes les contrées étrangères où nos
agents purent pénétrer, une levée extraordinaire
dans les cantons et les arrondissements de la
République, et des dons spontanés nombreux,
permirent de mettre en ligne des cavaliers capables de se mesurer avec les formidables escadrons
des coalisés.

En février 1792, la France n'avait qu'un effectif de 228,000 hommes (204,000 sous les armes);
avant le mois de mai, grâce à l'activité déployée,
elle comptait 471,000 soldats (présents, 397,000);
au 15 juillet 479,000, si l'on s'en rapporte à une
note de Saint-Just, conservée pour sa propre ins-
truction, et dont nous possédons l'autographe. Le
tableau officiel que nous consultons présente

un chiffre qui s'en éloigne peu, 483,000 (ins-
crits, 599,000).

En décembre, l'effectif de l'armée s'élevait à
628,000 hommes (présents sous les drapeaux,
554,000). Ce nombre alla croissant jusqu'à 1,026,000
(732,000 sur terrain du combat en septembre 1794).
Il n'y a pas de raison sérieuse pour contester ces
états, publiés à une époque où l'exagération ne
pouvait profiter de rien (1797). Cependant on a
dit que les phalanges républicaines n'avaient
jamais compté au delà de 600,000 hommes, un écrivain les a réduites à 500,000, un autre à 400,000,
en ajoutant qu'ils n'étaient ni armés, ni nourris,
ni vêtus. Espère-t-on, par de telles assertions,
rabaisser le mérite des dictateurs révolution-
naires ? on l'élève au contraire. Moins on leur sup-
posera de ressources entre les mains, plus admi-
rable apparaîtra le résultat obtenu : la coalition
vaincue ne doit pas de reconnaissance aux auteurs
des nouveaux calculs.

« Rien ne peut effacer cette vérité historique,
que la Convention a trouvé l'ennemi à trente
lieues de Paris, et qu'on a dû à ses prodigieux
efforts de conclure la paix à trente lieues de
Vienne. » C'est Benjamin Constant qui dit cela :
Benjamin Constant est un esprit de 1791 ; partisan
des principes, il est généralement peu admirateur
des faits de la Révolution.

II

LEVÉE DU BLOCUS DE MAUBEUGE

ET COMBAT DE WATIGNIES

Extrait des *Mémoires sur Carnot*

Des nouvelles alarmantes arrivaient du Nord.

Malgré la victoire d'Hondschoote, qui promettait de donner aux armées françaises une pré-
pondérance décisive, mais dont le général Houchard n'avait pas su tirer parti, la situation faite
par Nerwinde avait peu changé. Le Quesnoy
était dans les mains des coalisés ; maîtres déjà
de Valenciennes et de Condé, ils possédaient
l'Escaut ; leur ambition allait maintenant à dominer également la Sambre, en s'emparant de
Maubeuge, qui serait devenue leur base d'opérations. Cette place tombée, rien n'arrêtait sé-
rieusement leur marche vers la capitale.

Le 29 septembre, le prince de Cobourg força le
passage de la rivière par six colonnes, investit
Maubeuge, et porta son armée d'observation sur
Avesnes et Landrecies.

La place de Maubeuge, assez médiocre, était

couverte par un camp retranché, avantageuse-
ment situé, où venaient de se rallier vingt mille
hommes, qui se trouvèrent bloqués du même
coup. Peut-être le général autrichien avait-il
commis une imprudence en laissant se grouper
cette force imposante dont il ne pouvait prévoir
la malheureuse immobilité. Mais il n'ignorait pas
que les approvisionnements de la ville seraient
bientôt insuffisants pour des bouches aussi nombreuses. Les troupes, en effet, furent d'abord réduites à la demi-ration ; au bout de peu de jours
la disette était complète. Des maladies éclatè-
rent, et les hôpitaux ne pouvant plus contenir
les malades, il fallut les déposer sous les hangars des faubourgs. Cependant les assiégeants
élevaient des travaux formidables, (trois batteries de vingt pièces de 24), et le cercle de leurs
canons se resserrait tellement que les boulets
passaient en sifflant au-dessus du camp retranché, pour aller porter la mort et la destruction
dans la ville. Beaucoup d'habitants des environs
s'y étaient réfugiés, et ils augmentaient les alar-
mes, en racontant le pillage de leurs fermes et
l'incendie de leurs demeures.

Trois commissaires de la Convention s'effor-
çaient de soutenir les courages. Ils voulurent
faire connaître au gouvernement la situation cri-
tique de Maubeuge : l'un d'eux, Drouet, dès les
premiers moments du blocus, tenta, avec plus

d'audace que de prudence, de franchir les lignes
ennemies; il fut pris et alla expier dans les
cachots le souvenir de Varennes. Quelques jours
après, treize dragons se devouèrent; ils traver-
sèrent la Sambre à la nage et parvinrent à
gagner Philippeville.

Mais la République n'avait pas attendu cet
appel de détresse pour secourir ses enfants; les
sauveurs approchaient. Dans la soirée du 14 au
15 octobre, les assiégés entendirent, à travers
le feu des Autrichiens, une canonnade plus loin-
taine. Ils n'osaient pas encore se livrer à la
joie, les uns craignant que ce bruit n'annonçât
le bombardement d'Avesnes, d'autres redoutant
un piège de l'ennemi pour attirer nos soldats
hors du camp et les mettre aux prises avec une
armée qui les écraserait de sa supériorité. Au
milieu de ces incertitudes, les défenseurs de Maubeuge demeurèrent inactifs, et ne secondèrent
pas, comme ils l'auraient pu faire, les efforts de
leurs libérateurs.

Car cette canonnade était bien celle de l'armée
française, qui arrivait au secours de la ville.

Voici ce qui s'était passé :

Les opérations militaires importantes et rapi-
des qui devaient être exécutées dans le Nord,
avaient fait sentir la nécessité d'une main plus
jeune et plus forte que celle de Houchard. Carnot,
témoin de la belle conduite de Jourdan à Honds-

choote, le désigna au Comité. Son choix ayant
été ratifié, il se rendit lui-même près du nouveau
général pour lui porter sa commission, qui
réunissait sous son commandement les forces
disponibles des armées du Nord et des Ardennes.
Jourdan esquissa un projet, que Carnot approuva
dans ses données principales, et qui fut utilisé
plus tard, mais qui ne lui paraissait pas en rapport avec l'imminence du danger. De retour au
sein du Comité, il proposa d'aller attaquer direc-
tement l'ennemi dans sa redoutable position, afin
de délivrer Maubeuge; c'était presque une question de vie et mort pour la République. Ses col-
lègues trouvèrent l'entreprise trop audacieuse
pour la confier à un général qui commandait en
chef pour la première fois, et ils ne consentirent
à l'adopter qu'à la condition que Carnot irait lui-
même en prendre la direction.

Celui-ci ne se donna pas même le temps
d'aller dire adieu à sa famille. Il partit dans
la nuit, après avoir envoyé un courrier à
Péronne, où résidait son frère Feulins, pré-
voyant qu'il aurait besoin de lui pour quelque
sorte de dévouement. A la demande de Carnot,
on lui avait adjoint le conventionnel Duquesnoy,
qui l'avait si bien secondé à l'attaque de Fur-
nes, et qui allait également retrouver son frère
sous les murs de Maubeuge. Tous, ainsi que
Jourdan, se rencontrèrent à Péronne, le 7 octo-

bre, et ils se transportèrent à Guise, lieu du ren-
dez-vous général, qui prit de là le nom de Réu-
nion-sur-Oise. Carnot écrit : « Les soldats ont
confiance en lui et ne demandent qu'à se battre ;
nous espérons ne pas les faire languir. L'affaire
sera chaude ; mais nous vaincrons et la patrie
sera sauvée. » Et puis : « Il nous faudrait au moins
quinze mille baïonnettes pour charger l'ennemi
à la française. »

Après une conférence entre Jourdan et les
commissaires de l'Assemblée, le quartier général fut porté rapidement de Guise à Avesnes, à
deux lieues des postes avancés du prince de
Cobourg.

Quarante-cinq mille soldats environ, tirés des
camps de Gavarelle, de Cassel et de Lille, composaient l'armée française où les nouvelles levées
étaient encore très imparfaitement organisées;
Cobourg avait de soixante-quinze à quatre-vingt
mille hommes, partagés en deux corps, l'un
d'investissement (quarante mille au moins),
autour de Maubeuge ; l'autre d'observation (trente-
cinq mille), au sud de cette ville, dans les positions de Wattignies, Doulers, Saint-Remy et
autres villages, le long d'un petit affluent de la
Sambre, le Tarsy, Fortement postés sur des
hauteurs hérissées de batteries, couverts par des
fossés palissadés, par des haies très élevées, par
d'immenses coupes d'arbres renversés avec

leurs branches, et toutes les routes étant rompues, les Autrichiens semblaient dans une position tellement inexpugnable, que leur général, en accès de jactance, dit à ses officiers : « Les Français sont de fiers républicains, mais, s'ils me chassent d'ici, je me fais républicain moimême. »

Cette bravade fut portée dans l'autre camp, où elle stimula vivement l'amour-propre national. Nos soldats se répétaient gaiement qu'ils iraient sommer le citoyen Cobourg de tenir sa parole.

Le lendemain, 14 octobre, reconnaissance des positions ennemies par Jourdan et Carnot, fusillade engagée sur la ligne et terminée par quelques coups de canon, qui retentirent jusqu'à Maubeuge et allèrent porter l'espoir dans le cœur des assiégés.

Le 15 au matin, les Français s'ébranlent : la division Fromentin, détachée à l'aile gauche, s'avance par l'ancienne voie romaine de Reims à Bavai, vers le village du Monceau. Au centre le général Balland, avec plusieurs batteries de 16 et de 12, débouche au travers la haie d'Avesnes, terrain fort inégal et couvert de bois (il l'est aujourd'hui de pâturage) et vient occuper les hauteurs en face de Doulers et de Saint-Aubin. Le général Duquesnoy, frère du député, commandait la droite, prend possession du village de Beugnies. Le quartier général est porté

au point où la route de Solre-le-Château vient
s'embrancher sur celle d'Avesnes à Maubeuge.

Les opérations projetées avaient pour appui
les places de Rocroy, Marienbourg, Philippeville, et les détachements qui s'avançaient de
ce côté par les ordres de Jourdan ; car nous
avons dit que, dans ces graves circonstances,
le Comité avait mis l'armée des Ardennes à sa
disposition.

Vers sept heures du matin, le général en chef
s'avance, accompagné des deux représentants
de la Convention. Le signal de l'attaque est
donné sur tous les points à la fois. Le plan
adopté avait pour but, en quelque endroit que
l'on fût victorieux, de se précipiter vers Maubeuge pour donner la main au camp retranché.
Mais en cas de revers, on conservait toujours la
route de Guise. Les deux ailes devaient marcher
rapidement, tandis qu'au centre, à Doulers, on
se bornerait à une canonnade. Des batteries,
postées devant ce village, démontèrent celles
que l'ennemi avait établies au delà, derrière les
habitations qui bordent la grande route. Les
boulets des deux artilleries se croisaient par-
dessus le village situé à mi-côte. Plusieurs de
nos pièces, servies par les braves canonniers de
la commune de Paris, firent merveille, comme à
l'ordinaire.

Tout sembla marcher d'abord à souhait : le gé-

néral Fromentin, à la tête de douze mille fantassins, délogea les tirailleurs autrichiens des
hauteurs qui couronnent les villages de Saint-
Remy et de Saint-Waast. Duquesnoy gagnait
également du terrain sur la droite; maître de
Dimont et de Dimechaux, il commençait déjà le
feu contre Wattignies. Nos ailes semblaient devoir se joindre par un mouvement concentrique,
qui mettait l'armée ennemie dans le plus grand
péril.

A la nouvelle de ces succès, capables d'amener
la perte totale des Autrichiens, la canonnade de
Doulers fut transformée en une attaque de vive
force. L'entreprise était difficile. La division Balland (environ treize mille hommes) voyait sur
tous les points culminants, au delà du village,
déjà puissamment défendu, une masse de
bouches à feu menaçantes, et aux abords de
toutes les routes une cavalerie impatiente de
s'élancer.

Rien pourtant ne fit hésiter les républicains:
ils coururent à l'ennemi en chantant la Marseillaise, ayant à leur tête, avec le général en chef,
les représentants du peuple, dont l'exemple les
enthousiasmait; ils franchirent impétueusement
les premiers obstacles du terrain, pénétrèrent à
la baïonnette dans le village et s'emparèrent du
château; ils s'apprêtaient à escalader les hauteurs qui sont au delà du vallon de la Bracquière,

lorsqu'une épouvantable mitraille vint les arrêter.
Menacés en même temps par la cavalerie prête
à charger sur leurs flancs, ils furent contraints
d'abandonner les positions conquises avec tant
d'héroïsme.

La rapidité avec laquelle ces positions avaient
été enlevées par nos jeunes soldats permettait
cependant de grandes espérances pour une
seconde tentative. Leur élan était irrésis-
tible. Les commissaires de l'Assemblée voulurent le mettre à profit. Le général balançait. Carnot, dans un mouvement d'impatience, laissa échapper ces mots : « pas trop
de prudence, général! » — Jourdan, blessé
au vif (et blessé justement, il faut en convenir),
donne aussitôt le signal d'une nouvelle attaque,
et la fait appuyer par une colonne de cavalerie,
chargée de tourner la position. Cette cavalerie,
trouve toutes les issues barricadées. Pendant ce
temps l'assaut recommence : mêmes efforts,
même succès d'abord même issue fatale.

Cette fois, ce fut Jourdan, piqué d'honneur, qui
voulut absolument retourner à la charge, mais
sans meilleur résultat : les Autrichiens venaient
de recevoir du renfort de leur droite, où nos
affaires s'étaient gâtées.

Le général Fromentin, enivré par ses premiers
avantages, au lieu de longer la lisière du grand
bois Leroy, comme on lui avait recommandé de

le faire, afin de pouvoir s'abriter contre la cavalerie supérieure de l'ennemi, s'était imprudem-
ment aventuré dans la plaine de Berlaimont,
avec des troupes de nouvelle levée; les escadrons autrichiens, débouchant tout à coup des
bois de Doulers, les assaillirent et jetèrent dans
leurs rangs la panique et la déroute.

Dès que ces fâcheuses nouvelles furent con-
nues au centre, on dut renoncer à l'attaque de
Doulers, calculée sur les progrès des deux ailes.
Il fallait changer le plan, que l'échec de Fromentin venait de compromettre.

Le premier cri de Jourdan fut celui-ci : « Allons
au secours de l'aile gauche! » L'ordre en était
déjà donné, lorsque Carnot survint : « Général,
dit-il avec vivacité, voilà comme on perd une
bataille ! » et l'ordre fut révoqué.

La nuit était venue, la fusillade cessa; les
deux armées bivaquèrent sur le champ du combat.

Le conseil s'étant rassemblé, Jourdan développa
son opinion : selon les principes de l'ancienne
guerre, il proposait d'abandonner toute pensée
d'attaque sur le centre de l'ennemi, et de diriger
des forces vers notre aile gauche, afin d'y rétablir l'équilibre. Carnot soutint au contraire qu'il
fallait rappeler la division Fromentin, et concen-
trer nos efforts sur la droite, déjà en voie de
succès, manœuvre qui nous conservait les avan-

tages de l'offensive, si importants pour de jeunes
soldats, peu faits aux chances de la guerre.
« Qu'importe, s'écria-t-il, que nous entrions à
Maubeuge par la droite ou par la gauche? »

— C'est là que nous devons triompher? »
ajouta-t-il en mettant le doigt sur le plan au
point de Wattignies. Wattignies étant plus rap-
proché que Doulers de la ville et du camp, cette
position enlevée, l'autre devenait sans impor-
tance. D'ailleurs les corps détachés de l'armée
des Ardennes, qui s'avançaient sous les ordres
des généraux Elie et Beauregard, vers l'extrême
gauche de l'ennemi, allaient bientôt se trouver en
mesure d'appuyer le mouvement proposé par
Carnot. « Si nous cédons à l'avis du représentant
du peuple, » dit Jourdan, « je le préviens qu'il
en prend la responsabilité. — Je me charge de
tout, et même de l'exécution, » s'écria Carnot avec
une ardeur qui entraîna le conseil. Jourdan eut le
bon esprit de faire sienne l'idée qu'il venait de
combattre, et la seconda avec autant d'intelligence que d'empressement.

Carnot comptait sur la nature d'un terrain très
escarpé et très boisé, qui cacherait notre marche, et qui, cette marche découverte, permettrait
de se défendre avec des forces peu considérables,
soutenues par la place d'Avesnes. Il comptait
aussi sur le caractère connu du général allemand, qui ne présumerait jamais, de la part de

ses adversaires, une manœuvre aussi éloignée
de la stratégie en usage, et duquel on ne devait
guère attendre non plus un trait hardi et impro-
visé.

Il faut ajouter qu'un heureux hasard vint favoriser les Français : un brouillard épais, phéno-
mène fréquent dans cette saison, s'éleva entre
eux et celui qui avait tant d'intérêt à observer
leur mouvement; il dura jusque vers midi. Derrière ce rideau, six ou sept mille hommes, partis
du centre et de la gauche, passèrent à la droite;
cette manœuvre donna à notre armée une direction perpendiculaire à celle qu'elle avait eue la
veille. Le prince de Cobourg, qui nous croyait dans
l'ancienne disposition, n'avait rien changé à la
sienne.Pendant le même temps, le général Beauregard, après s'être emparé des villages de Berel-
les et d'Eccles, vint se placer derrière Obrechies,
pour seconder l'attaque que l'on méditait.

Afin de mieux dérouter l'ennemi, les généraux
Balland et Fromentin entretinrent le feu de leurs
batteries du côté de Doulers, feignant de vouloir
renouveler les tentatives de la veille, tandis que
Jourdan et les représentants du peuple marchaient au plateau de Wattignies, qui allait
devenir le but d'un effort concentrique. Vingt·
quatre mille hommes allaient y combattre. Les
Autrichiens demeurèrent stupéfaits lorsque, le
brouillard s'étant déchiré, un soleil splendide

leur montra une masse d'assaillants gravissant
vers eux au cri de Vive la République! Carnot et
Duquesnoy s'avançaient à la tête d'une des trois
colonnes d'attaque, leurs chapeaux de représentant sur la pointe de leurs sabres.

La position des Autrichiens était très forte. Le
village de Wattignies, qui donna son nom à la
bataille, est situé sur un plateau élevé, qu'entourent des vallons profonds et des cours d'eau; et
ces obstacles naturels avaient encore été aug-
mentés par de nombreux retranchements. Le
plateau lui-même se trouve dominé par les hauteurs de Clarye, aujourd'hui cultivées, mais alors
couvertes de bruyères et également occupées par
l'ennemi.

L'infanterie française marchait, soutenue par
des batteries de campagne, dont les boulets lui
ouvraient la voie : « De l'aveu des Autrichiens,
dit un historien (Toulongeon), jamais ils n'a-
vaient vu une si terrible exécution d'artillerie.
Ils dirent qu'ils entendaient, pendant les détona-
tions des bouches à feu, retentir dans les rangs
républicains les chants belliqueux et les airs
patriotiques. »

Cependant le feu de l'ennemi, n'était ni moins
bien nourri, ni moins meurtrier que le nôtre : les
tirailleurs du général Duquesnoy, refoulés, renversés, mitraillés, reculèrent. En ce moment le
colonel Carnot-Feulins aperçut un bataillon de

12

nouvelles recrues qui s'était réfugié dans un pli du terrain, à l'abri des coups, les soldats groupés autour de leur commandant, « comme des poulets effrayés par un oiseau de proie. » C'est l'expression dont se servait mon oncle en racontant cet épisode. Après leur avoir vainement ordonné de marcher, Carnot-Feulins saisit l'officier par le collet de son habit et l'entraîne au pas de son cheval jusque sous la mitraille ; le bataillon, qui l'a suivi, rachète par une charge vigoureuse cette minute de poltronnerie.

Deux fois les Français sont repoussés avec des pertes considérables. Enfin un assaut général semble nous donner la victoire partout en même temps : Fromentin oblige son adversaire Bellegarde d'abandonner les redoutes de Saint-Waast et de Saint-Aubin ; Balland chasse les grenadiers bohêmes des hauteurs de Doulers, qui foudroyaient Wattignies ; nos tirailleurs redoublent d'efforts. Le village de Wattignies est pris et repris à la baïonnette, malgré les haies et les palissades qui entourent ces jardins ; trois régiments autrichiens sont anéantis ; l'ennemi se retire en désordre sur les hauteurs de Clarye, où il trouve une position dangereuse encore pour les vainqueurs.

Cobourg a compris le nouveau plan de ses adversaires ; il a rappelé vers le centre une portion de son aile droite ; et au moment où une bri-

gade française, sous les ordres du général Gratien, s'avance en tiraillant au milieu des bruyères, les cavaliers impériaux accourent sur elle
l'épée haute ; elle ne soutient pas le choc, elle se
débande et ouvre une large trouée, par où les
chevaux se précipitent. Le général lui-même
commande la retraite.

Cet acte de faiblesse et de désobéissance (car
Gratien avait des ordres formels qui lui prescri-
vaient de se porter en avant), pouvait démorali-
ser nos soldats et compromettre tous leurs avantages. Carnot, l'aîné, s'en aperçoit, il s'élance vers
la brigade Gratien, la fait mettre en bataille sur
un plateau élevé, en vue de toute l'armée, et des-
titue solennellement le chef qui venait de reculer
devant l'ennemi, puis il saute à bas de son cheval et forme cette brigade en colonne d'assaut.

En ce moment son regard découvre un pauvre
conscrit, blotti derrière une haie et tremblant de
tous ses membres, Carnot s'approche de lui,
ramasse son fusil, le décharge sur l'ennemi, puis
ramène le jeune homme et le place dans les rangs.
Prenant ensuite l'arme d'un grenadier blessé,
il marche à la tête d'une colonne, tandis que son
collègue Duquesnoy, comme lui revêtu de
l'écharpe nationale et du costume de représentant, s'avance avec Jourdan à la tête de l'autre.
Les soldats honteux de leur fuite, veulent en
effacer le souvenir par un redoublement de cou-

rage en présence des commissaires de l'Assemblée : ils s'élancent avec impétuosité.

Le colonel Carnot-Feulins fait en ce moment une manœuvre décisive : il porte rapidement une batterie de douze pièces sur le flanc de la cavalerie autrichienne, qui venait de nous faire tant de mal; son feu, bien dirigé, renverse des escadrons. L'ennemi s'arrête, recule et fuit dans la direction de Beaufort.

La position, cette fois, était enlevée.

Les deux représentants du peuple atteignirent en même temps le sommet du plateau; vainqueurs tous deux, ils s'embrassèrent aux yeux des soldats enivrés, et un immense cri de Vive la République! apprit à l'armée française son triomphe, à l'ennemi sa défaite.

Belle journée, qui arracha cette exclamation patriotique à un émigré, Chateaubriand : « Les Français recouvrèrent à Wattignies ce brillant courage qu'ils semblaient avoir perdu depuis Jemmapes.

« On les vit se précipiter avec cette ardeur qui distingue leur première charge de celle des autres peuples. »

Le soir même, le prince de Cobourg, jugeant prudent de ne pas attendre un second choc de ces soldats républicains, qu'il qualifiait d'enragés dans son bulletin, prit le parti de repasser la Sambre, bien que ses lieutenants, Haddick et

Benjowski, eussent obtenu d'assez notables
avantages à l'aile gauche, sur les généraux français Élie et Beauregard, et bien que le duc d'York
accourût à son aide, ce qui peut-être eût fait
tourner la chance en sa faveur. Un brouillard
comme celui qui avait favorisé la veille notre
heureuse évolution couvrit celle que dut faire
l'ennemi pour se mettre hors de notre portée. Il
avait perdu trois mille hommes, et nous moitié
de ce nombre.

Beaucoup d'officiers s'étaient distingués : parmi
eux le brave d'Hautpoul, tué plus tard à Eylau,
et Mortier, futur maréchal de France, blessé à
l'attaque de Doulers. Celui-ci reçut de Carnot,
pendant qu'on le pansait à l'ambulance, le grade
d'adjudant général. Quant aux soldats, le rapport
de Jourdan résume leur conduite en un mot :
« C'étaient autant de héros! »

La nuit avait couvert le champ de bataille.
Carnot, éloigné des siens, privé de monture,
excédé de besoins et de lassitude; était demeuré
seul, tourmenté par la pensée que sa présence
pouvait être nécessaire au quartier général pour
arrêter les dispositions du lendemain ; car il
ignorait encore la fuite de l'ennemi. Il fut heureusement rencontré par un détachement de cavalerie, dont le chef lui fit accepter son cheval et
l'escorta jusqu'à Avesnes. L'alarme s'y était déjà
répandue : on craignait que l'un des représen-

12.

tants de l'Assemblée ne fût au nombre des morts, et l'on avait envoyé à sa découverte.

« Le 17, » raconte un historien local, « les vainqueurs de Wattignies longeaient le cours de la Sambre et entraient à Maubeuge, au milieu des transports d'une joie frénétique. La fumée de la poudre, la poussière des bivacs, ainsi que le désordre de leurs vêtements, — joints à l'assurance que procure la victoire, leur donnaient un air martial et terrible, qui contrastait avec l'abattement et le dépit des troupes du camp, honteuses de leur inaction, et ne sachant comment répondre aux reproches amères qui leur étaient adressés!... »

Sans cette déplorable inaction, en effet, notre victoire eut été beaucoup plus complète, et toute l'artillerie de l'ennemi serait probablement tombée entre nos mains.

La Convention, la République entière joignirent leurs acclamations reconnaissantes à celles des habitants de Maubeuge : la Révolution venait d'échapper à l'un de ses plus grands périls.

Carnot repartit pour Paris immédiatement; et, dès le surlendemain, il écrivait à l'armée pour la féliciter de son triomphe, sans donner à entendre, même indirectement, qu'il en avait été spectateur et acteur. Il semblait n'avoir pas quitté son bureau.

III

ÉVACUATION DE KEHL

Extrait d'un *Mémoire militaire sur Kehl*, par un officier supérieur de l'armée. Strasbourg, Levrault, 1797.)

Ainsi finit, après cinquante jours de tranchée ouverte et cent quinze jours d'investissement, un des sièges mémorables que puisse offrir l'histoire. En effet, on voit d'une part une armée de soixante-six bataillons aguerris, fière d'avoir forcé son ennemi à la retraite, déployer tout l'appareil d'un grand siège contre des retranchements informes, suppléant à l'audace qui lui manque par l'immensité de ses travaux, faisant le siège de quelques ouvrages détachés, déployant une artillerie formidable contre des masures occupées par des tirailleurs; néanmoins son adversaire dispute le terrain pied à pied; elle est forcée de donner un assaut à chaque partie d'ouvrage où elle veut se loger et perd en détail plus de soldats qu'une attaque générale ne lui en eût coûté. Enfin elle arrive à son but après avoir perdu six mille hommes et consommé les munitions nécessaires au siège d'une place de première ligne.

De l'autre côté, une place construite à la hâte, en terre, dont quelques parties seulement sont revêtues, sans bâtiments, sans magasins, sans abris. Quoique défendue par des troupes harassées d'une longue retraite, le terme de sa défense dépasse de beaucoup celui qu'on eût pu lui prescrire... Presque toutes les palissades étaient renversées, les fossés comblés en partie par les éboulements des parapets, et l'arrivée des renforts devenue très difficile... On se décida donc à évacuer... On n'eut guère que vingt-quatre heures pour tout enlever. Néanmoins on y mit une telle activité qu'on ne laissa pas à l'ennemi une seule palissade; tout fut ramené à la rive droite, jusqu'aux éclats de bombes et d'obus, et aux bois des plates-formes.

www.ingramcontent.com/pod-product-compliance
Lightning Source LLC
Chambersburg PA
CBHW061502030726
47503CB00005B/1784